O MOTORISTA

DUANE
SWIERCZYNSKI

O MOTORISTA

Tradução
Antônio E. de Moura Filho

Título original
THE WHEELMAN

Copyright © 2005 *by* Duane Swierczynski

Todos os direitos reservados, nenhuma parte desta obra pode ser reproduzida sem a permissão escrita do editor.

Direitos para a língua portuguesa reservados
com exclusividade para o Brasil à
EDITORA ROCCO LTDA.
Av. Presidente Wilson, 231 – 8º andar
20030-021 – Rio de Janeiro – RJ
Tel.: (21) 3525-2000 – Fax: (21) 3525-2001
rocco@rocco.com.br
www.rocco.com.br

Printed in Brazil/Impresso no Brasil

DIAGRAMAÇÃO
FA Editoração

CIP-Brasil. Catalogação na fonte.
Sindicato Nacional dos Editores de Livros, RJ.

S979m

Swierczynski, Duane, 1972-
    O motorista / Duane Swierczynski; tradução de Antônio E. de Moura Filho. – Rio de Janeiro: Rocco, 2011.

    Tradução de: The wheelman
    ISBN 978-85-325-2585-7

    1. Crime organizado – Ficção. 2. Ficção policial norte-americana. I. Moura Filho, Antônio E. de. II. Título.

10-2813   CDD – 813
                                     CDU – 821.111(73)-3

Para M.A., P.L. e S.E. — minha família

Manhã de sexta-feira

Eu não me corrigi, eu me acovardei. Ainda acho sensato querer dinheiro e, se é dinheiro que você quer, é sensato ir aonde há dinheiro e pegar um pouco na marra.
— AL NUSSBAUM

L ENNON OBSERVAVA AS PESSOAS andando pela rua Dezessete enquanto o revigorante vento de março soprava em meio aos prédios. Caso fumasse, Lennon teria saboreado os últimos tragos antes de abrir a janela e atirar a guimba. Apenas um cigarro – algo para os CDFs de calças cáqui e coletes azul-marinho pegar com uma pinça, colocar em um saco plástico com fecho hermético, rotular, registrar e então guardar em uma caixa junto a outras provas.

Talvez alguém analisasse a marca e tentasse identificar o DNA no filtro.

Parte de Lennon viveria para sempre, em algum lugar, guardada nos arquivos do caso, organizados pelo FBI.

Entretanto, Lennon não fumava. O que ele fez foi dar uma mexida no rádio do carro e em seguida ficou observando os estranhos, indo e vindo, ocupando-se de suas atividades diárias. Lennon tinha curiosidade em saber o que os motivava – o que os fazia levantar-se toda manhã, escovar os dentes, tomar banho, comer alguma coisa, despedir-se da pessoa amada e talvez até de um filho. Aquele estilo de vida não era para ele, e talvez fosse por isso que gostava tanto daqueles últimos momentos antes de um trabalho importante. Era quando as coisas ganhavam mais clareza. Ele podia estar lá fora, gastando sola de sapato, reportando-se a um chefe numa baia, pensando em um relatório, qualquer coisa assim. Ou podia estar dentro de um carro, aguardando os cúmplices.

Então o alarme disparou e a vaca foi para o brejo.

Bang
bang
bang

H OLDEN ESTAVA BEM ATRÁS DE BLING. Não, não, não, seu imbecil. Pare. Dê *dois passos* para trás.

Só que era tarde demais. A porta de vidro atrás de Holden se fechou antes que Bling pudesse abrir a porta à sua frente. O sistema de segurança – o detector de pólvora – entrou em ação. Ou talvez alguém lá dentro o tivesse acionado. Não importava. Bling e Holden estavam presos dentro daquele vestíbulo na entrada do banco. Dava para ver, mesmo de longe, a expressão no rosto de Bling, enquanto ele batia no vidro com a mão que segurava a pistola: Porta desgraçada! Presos, feito dois hamsters em um Habitrail.

Lennon engatou a primeira, checou os espelhos retrovisores e então avançou, virou à esquerda, bloqueando o trânsito na rua Dezessete. Virou-se. O sol forte do final de março refletia-se no branco da fachada do banco tão violentamente que doía nos olhos. Lennon ainda tinha uma alternativa. Podia deixá-los para trás. Holden bem que merecia. Só que Bling era uma outra história, assim como todo aquele serviço.

Lennon pressionou o pescoço com dois dedos, procurando a artéria carótida. Contou rapidamente.

Estava tudo normal. Os batimentos não estavam tão acelerados. Bom.

Lennon virou-se para trás, abraçando o encosto do acento com um braço, e olhou para Bling. Bling o observava atenciosamente. Lennon mexeu a mão, fazendo o sinal universal de "vá para a esquerda". Bling segurou Holden pelo colete e o puxou para o lado.

Os motoristas buzinavam e Lennon meteu o pé no acelerador. Ele teria até feito o sinal universal de "vão se foder" com o dedo médio, mas não havia tempo.

Pelo retrovisor, o banco veio se aproximando rapidamente feito a visão que se tem da cabine do piloto enquanto o avião se aproxima do chão a todo vapor. Lennon fez alguns pequenos ajustes, mantendo levemente no volante as mãos com luvas. Um toquezinho para a esquerda, um tapinha para a direita. Ele tinha que bater direto no vidro, sem erro.

Lennon lera muito sobre as unidades de controle de acesso – as UCAs – e sabia muito bem que esses aparatos foram projetados para ser à prova de bala pelo lado de dentro. Assim, o banco prende os bandidos burros como Holden de forma que não possam sacar suas Sig Sauers e abrir caminho a tiros. Os bancos não gostam que os clientes sejam alvejados. Fazem de tudo para evitar isso. Na verdade, quando começaram a produzir essas unidades de controle de acesso, esqueceram-se de fazê-las à prova de balas, e muitos bancos viravam queijos suíços quando os ladrões pegos na fuga entravam em pânico. Alguns modelos de UCA inclusive possuem pequenos buracos de escape, para que os ladrões possam sair alegremente sem meter bala em nenhum cliente.

Só que não era o caso daquele modelo. Pelo jeito, tratava-se do modelo Coce-O-Saco-Até-Os-Federais-Chegarem™. À prova de bala por dentro e, muito provavelmente, por fora.

Seria, entretanto, à prova de carro? À prova de carro a todo vapor? À prova de um Acura roubado, a todo vapor?

No último minuto, Lennon viu que ia bater direto em uma coluna metálica de sustentação. Ele foi com tudo e sentiu os painéis de vidro se espatifarem.

Engatou a primeira e avançou. Bling agarrou novamente o colete de Holden e o puxou pela abertura.

Lennon se inclinou para a frente e apertou o botão para abrir o porta-malas, e então viu a hora: 9:13. Ainda estavam dentro do cronograma. Se conseguissem cruzar os próximos dois quarteirões, sairia tudo como planejado. O Acura balançou quando Bling entrou e ocupou o acento ao lado do motorista e, novamente, quando Holden sentou-se no banco traseiro.

Lennon meteu o pé no acelerador. O carro disparou para a frente, cantando pneu, e Lennon só a viu no último minuto.

A mulher, empurrando um carrinho azul de bebê.

$650 mil

OS BANCOS NO CENTRO DA FILADÉLFIA não são alvos frequentes de assaltos por um bom motivo: há muito poucas saídas.

O que se vê é um monte de drogados solitários fazendo negócios, mas pouquíssimos profissionais. Billy Penn projetou a Filadélfia como um emaranhado de ruas, todas com nomes de árvores, indo desde o rio Delaware até o Schuylkill. Casas coloniais deram lugar a mansões de tijolos artesanais, que por sua vez foram substituídas por prédios comerciais e esses por um amontoado de escritórios. As ruas são estreitas e sempre congestionadas, especialmente nos pontos que levam às estradas. Quando se está bem no meio do centro da cidade – onde o pessoal de Lennon estava –, as Interestaduais 95 e 76 ficam a menos de cinco minutos de distância. Se o trânsito estiver uma droga, entretanto, pode-se levar 50 minutos para chegar-se a elas.

Bling passou todas as coordenadas a Lennon. O cara era nativo da região, ao contrário de Lennon. Lennon tinha uma casa encravada nas Montanhas Pocono, a uma hora e meia de viagem, e tinha alguns conhecidos na Filadélfia, mas nunca trabalharia lá. O local mais próximo onde ele trabalharia seria Nova York, e mesmo assim já era um pouco perto demais.

No entanto, após um longo inverno de descanso, Lennon e Katie já estavam ficando sem grana e não tinham nenhum trabalho. Foi um inverno agradável: só cozinhando, lendo e bebendo. Quando Bling ligou para Katie no final de fevereiro, já era hora de voltar à ativa.

Além disso, o esquema proposto era muito interessante. Bling precisava de um motorista para a fuga de um assalto. O Banco Wachovia, a três quadras da prefeitura, estava para receber um bom carregamento de dinheiro no dia 29 de março, direto do governo federal. Fazia parte da "Operação Vida Nova" do prefeito, um esquema em que ele planejava injetar mais de $650 mil na área mais decadente da cidade, que compreendia dez quarteirões, só para demolir tudo na esperança de que alguma construtora imobiliária se interessasse em construir uma Barnes & Noble ou uma Bed, Bath & Beyond no meio daquele antro de drogados. Grande cota do dinheiro era para pagar mais ou menos cem famílias que se recusavam a abandonar suas residências caindo aos pedaços. Bling disse a Katie que o prefeito pagaria algo entre $40 e 80 mil para cada uma dessas famílias – em espécie – para que abrissem mão de suas propriedades.

Por que em espécie? O prefeito nasceu naquela área, Bling disse. O pessoal lá não confia em nada que não seja dinheiro. Eles querem ser *pagos*. E mais, alguém da prefeitura achou que faria bem à imagem do prefeito quando, durante a cobertura televisiva do lançamento da operação, ele aparecesse diante das câmeras entregando maços de dinheiro vivo aos mais necessitados da cidade. Não estavam nem aí para o fato de que gangues criminosas roubariam os beneficiários assim que as câmeras fossem desligadas. Isso não era problema da prefeitura.

Além disso, Bling planejava chegar na frente e tomar o dinheiro.

Bling tinha um contato dentro da prefeitura que lhe avisara do dinheiro. Ele então contou a Katie seu plano para aprontar a tal proeza, e pareceu uma boa ideia. Então Lennon decidiu voltar ao trabalho.

Morte certa

Lennon era um excelente motorista. A sorte o ajudou no início da carreira, mas sua reputação foi consolidada graças ao seu talento nato, combinado com a experiência.

Lennon sabia, desde o primeiro instante em que viu a mulher e seu carrinho de bebê, que o Acura bateria neles. Estava a dois segundos do impacto. Lennon teve de decidir: ou mirava no carrinho ou na mulher. Havia pelo menos uma pequena chance de a mulher ter um bom reflexo e pular fora do caminho. Baseando-se em uma rápida olhada, Lennon achou que ela parecia muito ágil. Talvez tivesse tirado o primeiro lugar no campeonato estadual de ginástica quando adolescente.

Frear e travar uma luta com o volante estava fora de cogitação. O risco de dar um cavalo de pau era grande demais, e Lennon temia bater nos dois. Era impossível sair do caminho. Logo à direita da mulher havia um daqueles enormes canteiros de cimento cheio de forragem e arbustos. O canteiro faria um estrago no Acura e os três teriam de fugir a pé – isto é, se alguém ali acabasse consciente. E o carro já estava apontado completamente para a direita, o que impossibilitava um repentino desvio para a esquerda. Não. Ainda restavam apenas as duas alternativas: ou a mulher ou o carrinho.

– Puta que pariu!

Holden. Começando a se preocupar com o cronograma originalmente traçado.

Lennon manobrou para a direita e, com os pés, tocou levemente no freio para amenizar o impacto.

O Acura chocou-se direto contra a mulher, violentamente, bem abaixo do quadril esquerdo. O impacto a dobrou ao meio, jogando-a em direção ao para-brisa, bem em cima do capô. Lennon olhou no retrovisor lateral e viu – miraculosamente – o carrinho de bebê, tremendo levemente, mas ainda de pé na calçada. Ela o soltara bem a tempo.

Lennon rezou para que a criatura ficasse bem, mesmo enquanto ela deslizava capô abaixo, acabando no chão da rua. Era menos uma coisa para explicar a Katie.

O pessoal que passava por ali começou a gritar, mas Lennon não deu a mínima. Sim, ele esperava que a mulher ainda estivesse respirando. Esperava que não passasse muito tempo internada e que, por fim, ela esquecesse de tudo o que acontecera. Mas ele não podia se deixar envolver naquilo agora. Ainda tinha trabalho a ser feito.

Bling se encarregara de todo o roubo. Agora a fuga era por sua conta.

O encontro na Kennedy

LENNON PASSARA DUAS SEMANAS estudando os mapas das ruas da Filadélfia que Bling lhe enviara, buscando elementos que outros ladrões deixaram de considerar. Nos dois primeiros dias, ele foi repetidas vezes à avenida JFK, que ficava apenas a um quarteirão do banco. A JFK não existia trinta anos antes; um enorme conjunto de trilhos férreos – apelidado de "Muralha da China" – cobria o mesmo chão, vindo de uma enorme estação localizada a alguns quarteirões ao leste. A prefeitura deu fim aos trens, construindo ali uma série de complexos comerciais e prédios residenciais. Deram à avenida o nome JFK, em homenagem ao presidente recentemente assassinado. Lennon foi lá várias vezes. Teve a impressão de que a avenida serviria perfeitamente como o início da rota de fuga, desembocando direto na I-76, levando-lhes à liberdade.

Quanto mais Lennon estudava, mais se apaixonava pela JFK. Era uma avenida ampla, ao contrário da maioria das ruas no centro da Filadélfia. Em uma terça-feira estranhamente quente para a estação, ele pegou um ônibus Martz e foi lá estudá-la pessoalmente. E confirmou suas suspeitas. Embora a JFK se estendesse desde a prefeitura até a estação da rua Trinta – possivelmente a parte mais movimentada da cidade –, era larga o bastante para que ele enfrentasse tranquilamente qualquer trânsito. Os taxistas conseguiam se mover por entre os carros da rua Quinze até a Trinta. A JFK era isso: a artéria grossa que conduzia o sangue do coração direto para a I-76.

O único problema: o banco alvo de Bling ficava na esquina da Dezessete com a Market. Lennon descobriu que a rua Dezessete dava para o sul, *afastando-se* da JFK. E a Market dava para o leste, *afastando-se* da I-76.

Estudou os mapas, tomou uma cerveja importada, assistiu a uns filmes em DVD com Katie. Sabia que descobriria a resposta. E descobriu.

Na manhã do serviço, Bling e Lennon vestiram-se de limpadores de janelas e então tiraram umas placas, escadas, cavaletes de madeira e cordas de uma van alugada, cuja lateral trazia o letreiro: JENKINSTOWN LIMPEZA DE JANELAS LTDA. (Segundo Bling, toda firma de limpeza de janelas que se prezasse era sediada em Jenkinstown, um subúrbio da zona norte.) Dispuseram os apetrechos ao longo do lado oeste da rua Dezessete, entre a Market e a JFK, organizando os cavaletes em linha reta praticamente até o fim do meio-fio, de forma que os pedestres tivessem que dar a volta para ir a qualquer outro lugar. Era muito provável que ninguém olhasse para cima procurando pelos andaimes. Além disso, o esquema só precisaria durar mais ou menos uns 20 minutos.

Depois que bloquearam uma boa parte da calçada, Bling e Lennon retornaram à van, onde Bling pôs outra roupa – calça jeans folgada, tênis Vans e uma camisa de basquete tamanho GG. Holden, à direção da van, já estava pronto para o serviço. Vestia uma camisa do Allen Iverson. Cores bem fortes e brilhantes, números e nomes gigantescos. A ideia é chamar atenção com algo específico. Dessa forma, quando saírem à caça desses elementos mais tarde, eles terão há muito trocado de roupas. Lennon permaneceu com o uniforme de limpador de janelas. Pouco importava o que estava vestindo mesmo; só mais tarde.

Bling pegou o celular clonado, ligou para a Casa da Moeda dos EUA – que ficava do outro lado da cidade – avisando de uma ameaça de bomba, e Lennon, ao volante, os levou até o ponto onde ele escondera o Acura.

Passagem facilitada

Lennon jogou o volante para a esquerda e pisou fundo no freio. O Acura girou mais ou menos 45 graus e acabou apontando para a contramão, na rua Dezessete.

– Tá maluco, cacete?

– Ei – protestou Bling. – O mano sabe o que está fazendo.

Mano sabia *exatamente* o que estava fazendo. Só não sabia *como* ia fazer. O desafio era chegar inteiro ao fim da rua Market. Lennon sabia que tinha 50 por cento de chance de pegar o sinal aberto, o que facilitaria tudo. Seria uma droga pegar o sinal fechado.

Não deu outra: o sinal estava vermelho.

Lennon raciocinou. Só faltavam 18 metros. Apenas 18 míseros metros. Lennon olhou para Bling e fez que sim com a cabeça; virou-se e pisou fundo no acelerador. O Acura saltou para frente e correu os primeiros nove metros. Um carro esporte tentou ultrapassá-lo a partir dos últimos nove metros, mas Lennon desviou para a esquerda, cortou para a direita e passou por entre o parquímetro e o poste de contenção de veículos, indo parar direto na calçada, onde chocou-se contra o primeiro cavalete que tinham colocado. Saiu batendo o Acura nos apetrechos dispostos na rua – que tinham sido deixados frouxos para facilitar a passagem – acabando direto na avenida JFK. Antes os apetrechos do que gente inocente. Uma vítima já era o bastante para uma manhã.

– Ah, é assim que se faz! – exclamou Bling.

Lennon olhou para ele, dobrou à esquerda na JFK e acelerou até a rua Vinte, ziguezagueando por entre os táxis, Mercedes e Chevy Cavaliers. Apertou o pescoço com dois dedos, buscando a artéria carótida. Era assim que ele preferia avaliar o nível de estresse. Estava tudo bem, apesar dos pesares.

Mais uma checada no retrovisor: nada de luzes piscando. Já tinham se passado cinco quarteirões do banco, e nada. Os primeiros cinco quarteirões eram sempre os mais difíceis. Lennon dobrou à direita na Vinte, direção norte, e em seguida à esquerda, numa ruela, e então correu paralelamente à JFK.

E é aí que a geografia da Filadélfia fica interessante. Mesmo depois que a Muralha da China foi eliminada, algumas partes da cidade velha sobreviveram. Ruelas e becos que costumavam cruzar os quarteirões industriais ficavam bem perto das vias públicas mais movimentadas. Um desses becos era a chave do plano de fuga.

O beco que Lennon pegou era largo o bastante para um carro e dava para um declive. Bem perto dali, a JFK continuava em uma elevação e então virava para uma pontezinha que cruzava o rio Schuylkill, indo parar bem na entrada da Estação da rua Trinta. Este beco lateral descia ao nível do rio. Ninguém jamais dirigiu nesta ruela.

Nada de sirene ainda. Em lugar nenhum. Bom sinal.

O Acura desceu a rua lateral, atravessou a rua Vinte e Um e continuou até a Vinte e Dois. Lennon rapidamente dobrou à direita e logo à esquerda e entrou no estacionamento. A essa altura, Bling e Holden já haviam trocado de roupas e guardado as camisas de basquetebol, os coletes, as calças brilhantes e as armas em sacolas plásticas extragrandes. Lennon só precisou tirar o uniforme de limpador de janela e entregá-lo a Bling, que o guardou. O estacionamento era de autoatendimento. Pararam em uma vaga, tiraram tudo do carro e se dirigiram ao segundo veículo: um Honda Prelude 1998. Enfiaram a sacola plástica com as roupas no porta-malas perto da bolsa de lona onde estavam os $650 mil, jogaram as chaves lá dentro e bateram com toda força. Então, calmamente caminharam de volta à rua Vinte e Dois onde estava o terceiro carro – um Subaru Forester – estacionado na rua. O parquímetro marcava 15 minutos restantes.

Lennon tirou as chaves do bolso interno do paletó e apertou o botão laranja. Ao desativar o alarme, o carro soltou dois bipes bem altos. Ele apertou o botão azul, destravando as portas. Então entraram no veículo, apenas três caras de terno, indo juntos para a cidade onde compareceriam a uma reunião qualquer.

Só que não estavam indo para a cidade. A gangue dirigia-se ao Aeroporto Internacional da Filadélfia, onde pegariam voos separados para diferentes hotéis em distintas partes do mundo. Holden ia para Amsterdã. Bling não via a hora de passar um tempo na Left Coast em Seattle. E Lennon ia se encontrar com Katie, que o aguardava no Hotel Cassino El Conquistador, em Porto Rico. Os $650 mil ficaram no porta-malas do Prelude. Era um estacionamento onde se podia passar muito tempo.

Na primeira reunião, Holden discordara daquela parte do plano.

– Espere aí, quer dizer que vamos deixar a grana lá? E se alguém roubar o carro?

– Se alguém roubar aquela porcaria – disse Bling –, é muito azar do destino. Teremos de nos conformar e tocar adiante.

– Vocês só podem estar de sacanagem com a minha cara.

– É o mais seguro. Pode confiar: é a maior furada ser pego até mesmo com um centavo do Wachovia. Se os caras nos pegarem, não terão nada.

– Droga – reclamou Holden. – Alguém vai roubar o carro.

– Ninguém vai roubar nada.

Com sorte, ninguém ia roubar o carro.

Lennon deu partida no Forester, pegou a avenida arborizada e então virou à direita no museu de arte e pegou a estrada Kelly. Passara muito tempo mapeando esta parte da fuga. Cronometrou os sinais – só havia três entre o museu de arte e a I-76; estudou as curvas; anotou as velocidades máximas permitidas. Esta era a ciência que o trabalho de Lennon envolvia. Depois de treinar algumas vezes, Lennon sabia que quando o sinal da avenida Fairmount com a estrada Kelly abrisse, ele tinha três segundos para atingir a velocidade de 60km/h, o que o levaria ao início da I-76 sem interrupção. Lennon ficou impressionado com os caras que planejaram a cidade; claramente tinham dedicado muito tempo para projetar essa pista. Em algumas estradas, era preciso reduzir/acelerar em certos trechos. Isso não acontecia na Kelly. Lennon praticamente se apaixonou.

Passou o museu de arte, o Boathouse Row e em seguida chegou à Kelly; foi quando Lennon finalmente relaxou os músculos do abdômen. O velocímetro do Subaru marcava 60 cravado. O resto da fuga era moleza. Não havia nada no carro que os incriminasse; não havia obstáculos entre o carro e a estrada interestadual que saía da cidade em direção ao aeroporto.

Lennon fez uma curva suave, olhando os gansos reunidos na beira do rio. Ele os vira ali mesmo algumas semanas antes enquanto praticava as manobras para o serviço. Alguns deles grasnaram. Gantos. Era assim que Katie os chamava. Coisas de quando ela era pequena. Os "gantos" grasnaram e de repente começaram a agitar as asas em pânico.

Foi aí que aquela peste negra surgiu, na maior velocidade, na cola deles.

Uma van, com para-choque de aço reforçado, surgindo em disparada do lado da estrada. Bateu direto contra o carro de Lennon. Bem do lado do motorista.

O Subaru capotou, dando pelo menos umas seis voltas. Lennon perdeu as contas depois da segunda.

A primeira coisa que ele pensou: Pegar a arma.

Em seguida, pensou: Estou sem arma.

Estavam todos indo para o aeroporto. Ele ia se encontrar com Katie em Porto Rico.

O vidro se estraçalhou em volta de sua cabeça; os estilhaços saíram ralando todo o seu couro cabeludo. O motor ganiu, reclamou e finalmente se acalmou em um zumbido bem baixo.

Lennon ficou com a visão limitada de sua janela. Tudo o que via era mato – parte queimada, parte verde. Sapatos. Caminhando em direção ao carro.

Ouviu-se um rugido chato. Lennon sentiu o cheiro de sua própria roupa queimada. A última coisa que ouviu foi a si mesmo, tentando gritar.

Tarde de sexta-feira

Deixe um homem nu em pelo, sem nada. Ao final do dia este homem deverá estar vestido e de barriga cheia. Ao final da semana, deve ter um cavalo. E, ao final do ano, ele deve ser dono do próprio negócio e ter dinheiro no banco.

RICK RESCORLA

Funeral de mil anos

A NDY OLHOU BEM PARA AS TRÊS bolsas pretas nos fundos da caminhonete Ford vermelha. Pareciam conter corpos.

– É esse o lixo?

– É – respondeu "Irado". – E temos que jogar tudo naquele duto ali.

Andy olhou novamente para as bolsas, tentando ver se identificava alguma forma humana. As duas primeiras pareciam corpos. Ele parou. Que ridículo. Só porque o amigo se chamava Fieuchevsky e às vezes prestava uns favores ao pai mafioso/distribuidor de gasolina não significava que...

– Vamos com isso, cara – disse Irado, dando um tapa no ombro de Andy. – O show começa daqui a duas horas. Vamos jogar essas bolsas no duto, tomar uma cerva e pegar estrada.

Andy Whalen e Mikal "Irado" Fieuchevsky eram respectivamente o tecladista e o baixista de uma banda de cover chamada Space Monkey Máfia. Irado criou o nome depois de encher a cara e escutar "Storm Front" de Billy Joel. Em todo o mês de março – às quintas, sextas e sábados –, a banda tocava em um hotel resort em Wildwood, Nova Jersey. Quase não havia movimento, mas algumas pessoas aproveitavam os pacotes de baixa estação e gostavam que houvesse música ao vivo no bar; nas outras noites rolava karaokê.

O pai de Irado era amigo do dono, o que os ajudou a descolar o trabalho. Volta e meia, Irado tinha de fazer uns servicinhos para o pai. Levar um troço ali, pegar outro aqui e, naquela noite, jogar isso acolá. Algumas horas antes, Irado ligara para o quarto do alojamento da Universidade La Salle, onde Andy morava; como não tinha nada melhor para fazer antes da viagem até Wildwood, Andy concordou em dar uma força.

– Que duto? – perguntou Andy.

Havia três dutos, despontando de um longo bloco de cimento, sob uma lona azul, erguida como uma barraca. Estavam em um canteiro de obras no rio Delaware, em Camdem, Nova Jersey, bem à sombra da ponte Benjamin Franklin. Ali próximo à água, o ar fresco de março estava um pouco mais gelado, soprando com mais força e velocidade pela nascente do rio. Andy quis voltar e vestir um colete.

– O maior... o da esquerda.

Andy o localizou. Era quase do diâmetro da tampa de um bueiro. Os outros dois dutos eram muito menores.

– Anda, cara! Segura a outra ponta aí.

Andy se aproximou dos fundos do Ford e agarrou a ponta de uma das sacolas. Irado enfiou o braço e agarrou a outra ponta, então fez um sinal afirmativo com a cabeça. Juntos ergueram a sacola e só Deus sabe como o troço pesava. Parecia que a sacola tinha um bagulho em uma peça só, feito um corte de carne. Mais uma vez, a palavra surgiu na cabeça de Andy: cadáver.

Os dois foram andando com certa dificuldade até chegarem ao duto maior. Irado abaixou sua ponta primeiro, acomodando-a na tampa do duto.

– Pronto? – perguntou a Andy.

Andy fez que sim e então levantaram. A sacola desapareceu. Andy ouviu o plástico preto roçando contra o aço frio e logo em seguida um baque, feito um saco de areia chocando-se numa barragem de terra fofa.

– Agora só faltam mais duas – contou Irado.

– Isso aqui está parecendo um canteiro de obras. Será que não vão descobrir essa parada de manhã?

Irado sorriu e parou para espanar uns fiapos imaginários da calça preta. Vestia uma Cavaricci. As calças Cavaricci estavam fora de moda havia pelo menos dez anos, mas Irado as vestia assim mesmo. Andy inclusive achava que ele tinha comprado um estoque inteiro em 1991.

– Semana que vem – explicou Irado – vão entornar mais 12 metros de concreto sobre esta laje. Aquele museu infantil ficará aqui. Sabe aquele tal de museu Please Touch? Os caras têm que construir uma fundação bem grossa pra erguer o museu acima do nível do rio. Então, cara, o que estiver enterrado aqui vai ficar aqui por no mínimo uns 60 anos. Meu pai disse que esse é o prazo do novo contrato de arrendamento. Do jeito que a prefeitura propôs o negócio, o construtor não teve outra saída a não ser concordar: o arrendamento jamais precisaria ser pago.

– Deve ser lixo.

Irado entendeu o sarcasmo.

– É só lixo mesmo, Andy. Mais duas sacolas e você esquece de tudo isso.

Voltaram ao Ford e novamente pegaram outra sacola preta. Só que desta vez, Andy afastou a mão rapidamente, como se tivesse se queimado.

– Pô, Irado!

– O que foi?

– Esse lixo tá... respirando, pô!

Irado olhou bem para a sacola e então levantou a cabeça.

– Vá lá no porta-luvas e pega aquela paradinha de couro que está lá. Pode ser?

– Você não me ouviu? Olha só essa parada.

– Eu te ouvi, cara. Só preciso que você pegue o que eu pedi. Depois pegue uma cerveja e vá dar uma volta. Depois que terminar, volte pra gente dar o fora dessa merda, direto pra nossa apresentação.

O sangue de Andy gelou. Ele olhou novamente a sacola – não deu para segurar, pois, afinal de contas, o troço estava respirando – e então disse:

– Maluco, pelo amor de Deus! Seja sincero: isso aí dentro é um corpo? A gente acabou de desov...

— Cala essa boca, Andy! Fica na sua! São veados. Meu pai saiu pra caçar e acho que não terminou de matar esse aqui. Agora, por favor, pega a parada lá e vai dar uma volta.

Andy se virou. O céu noturno, pintado atrás dos topos do Society Hill Towers do outro lado do rio, parecia mais negro do que de costume. O que ele deveria fazer agora? Não lhe restavam muitas alternativas. Andy foi até a frente da caminhonete, abriu a porta, abriu o porta-luvas e pegou a pastinha de couro. Era pesada, como se houvesse uma pedra enfiada lá dentro. Uma pedra. Ou lixo. Ou um veado, ainda respirando.

Ele pegou a arma — isso mesmo, ele sacou muito bem que era uma arma, ora bolas! Não tinha mais como se enganar. Então fechou o porta-luvas.

Lá de trás veio o grito de Irado.

Andy levou a pastinha até o peito e deu a volta na caminhonete. Um braço humano ensanguentado tinha saído por uma abertura na sacola preta e estava tentando estrangular Fury.

Veado uma ova!

Por um instante Andy pensou se deveria abrir a pastinha e pegar a arma. Mas então se deu conta de que não saberia o que fazer com ela — ele fora criado por dois ex-hippies que não permitiam a entrada de uma pistola d'água em casa, que dirá armas de verdade. Ele então colocou a pastinha cuidadosamente no chão e procurou a arma mais próxima que estivesse disponível e que não envolvesse balas.

Lá. Um sarrafo de um metro e meio.

Andy pegou o sarrafo e correu até Irado, que lutava contra a sacola no chão. Erguendo o sarrafo sobre a cabeça, Andy deferiu um golpe com toda a força possível. A sacola estremeceu e voltou a estremecer quando Irado conseguiu enfiar o joelho bem no meio dela.

— Mete mais uma porrada nele — disse Irado, ofegante.

Andy obedeceu, e ouviu o som exato de alguma coisa se rachando. Ele não sabia se tinha sido a madeira ou a coisa dentro da sacola. Independentemente disso, a sacola começou a se revirar quase que espasmodicamente. Irado deu para trás, afastando-se do braço esticado para fora da sacola e então começou a socar o topo da sacola, cuspindo e xingando a cada golpe. Em dado momento, a sacola acabou parando de se mover.

– Me ajude a enfiar no duto – Irado pediu, levantando-se.

Andy simplesmente fez que sim.

Juntos, ergueram a sacola e foram até o duto aberto, arrastando os pés. O braço pendurado para fora da sacola apontava para o chão feito a calda de um cachorro.

– Meu Deus do céu – disse Andy.

– Não diga nada. Vamos resolver essa parada, depois vamos tocar e tomar umas cervas até conseguirmos achar graça disso.

– Acho que nunca vou rir desse lance.

– Ah, sei lá.

Andy abaixou a cabeça, olhou a sacola e pensou no cara ali dentro. Andy não era bobo. Sabia que o pai de Irado era um *vor* na divisão da Filadélfia da Máfia Russa, que se escondia atrás da fachada de dono de boate e distribuidor de gasolina no nordeste da Filadélfia. Assim, aquele cara ali dentro do saco devia ter irritado os mafiosos russos por algum motivo. Não dava para concluir muita coisa baseando-se apenas no braço esticado para fora do saco. Era um cara branco, magro, mas musculoso. Não tinha marcas de agulhas. Talvez tivesse perdido alguma aposta e se recusado a pagar, ou a ganância tivesse subido-lhe a cabeça. Ou talvez fosse algum advogado de quem os caras não precisavam mais. Andy tentou ver se o sujeito tinha algum relógio ou anéis, mas não encontrou nada. Era muito provável que os russos tivessem depenado o cara, ou para esconder marcas que o identificassem, ou para colocar as joias no prego mesmo. Mas havia três sacolas. Aqueles caras deviam estar juntos em alguma furada, a não ser que os russos guardassem os cadáveres para desovar tudo de uma vez só. Andy pedia a Deus que não fossem policiais. Seu tio era da polícia, trabalhava na Décima Quinta. Andy podia até concordar em tocar numa banda com o filho de um mafioso russo, mas de maneira nenhuma ele ia tolerar...

Os dedos do cara se mexeram.

— Ai, droga.

O cara cerrou o punho.

— O quê?

O corpo na sacola enfiou o primeiro murro bem no saco de Irado.

Aquela ponta da sacola caiu, o que puxou o plástico preto da mão de Andy. Todo confuso, ele deu alguns passos para trás, observando a mão agarrar o zíper. Andy imaginou o zíper se abrindo e revelando seu tio da polícia, cheio de hematomas e ensanguentado. Andy gelou.

Mas quando o zíper se abriu, revelou um sujeito branco, pelado, que Andy não reconheceu. O cara estava cheio de hematomas e ensanguentado, mas parecia enfurecido e calmo ao mesmo tempo. Ele saiu da sacola, levantou-se e Andy viu que estava pelado mesmo. Não estava usando nem cueca.

Irado contorcia-se no chão de cimento. O cara o tinha pegado em cheio.

— Pare — disse Andy, esticando os braços para a frente.

O peladão mancou um pouquinho. Os socos, chutes e porradas com o sarrafo de madeira pareciam ter feito um estrago e tanto. Ele caiu de quatro e tremeu visivelmente. Então olhou para Andy e esticou o braço, fazendo um sinal de *espere um minuto*.

— Caceta ele, Andy! — Irado gritou, forçando a voz a um tom mais alto do que de costume.

O peladão fazia que não com a cabeça. Gesticulava com a mão direita como se segurasse uma caneta e escrevesse uma nota. O que tentava dizer? Queria sinalizar algo?

— Ah, tenha santa paciência! Mete logo a porrada nele!

Não havia muita escolha mesmo. Se Andy não fizesse alguma coisa, Irado ia fazer de qualquer jeito. E só Deus sabe como o pai *vor* ia ficar quando Irado contasse que Andy tinha hesitado em ajudar. Para o melhor ou para o pior, Andy era o cara de Irado. Andy deu alguns passos para trás, achou o sarrafo e se aproximou do peladão.

Não havia súplica em seus olhos. Só espera. Quase um desafio. Talvez até uma pontinha de decepção também.

Andy deferiu um golpe como se o sarrafo fosse um taco de beisebol, imaginando a cabeça do peladão como a bola. E meteu com toda a força.

A sepultura de aço frio

L ENNON ACORDOU NOVAMENTE QUANDO a beirada do duto arranhou seu peito. As memórias nebulosas dos últimos minutos voltaram-lhe à cabeça. Dor, confusão, zumbido, imagens erráticas do interior de uma sacola preta de vinil, pancadas, dois jovens imbecis e, mais uma vez, o escuro total. Ele esticou o braço na tentativa de pegar alguma coisa. Qualquer coisa. Depois de arrastar os dedos pelo concreto, ele sentiu o aço gelado.

Droga.

O duto.

A memória voltou. Os dois manés estavam se livrando de cadáveres, jogando-os duto abaixo. Holden. Bling. Agora, ele. *O que estiver enterrado aqui vai ficar aqui por no mínimo uns 60 anos.*

Seus dedos chegaram à beirada inferior do duto e ele se agarrou com toda força.

– Desce, seu filho da puta – uma voz murmurou e ele sentiu um punho cerrado socando-lhe a lombar. Lennon ficou com os braços e mãos dormentes, mas continuou agarrando-se firme. Socaram-lhe as costas novamente, atingindo-lhe o traseiro logo em seguida. Então surgiram mais punhos cerrados. Alguém agarrou-lhe as pernas e as ergueu para o ar. Então ele sentiu um murro no saco, o que encerrou a luta. Lennon afrouxou os dedos do duto e sentiu-se deslizando para baixo.

Braços, pernas, *fora*. Era a única coisa que ele podia fazer. A pele deslizou pelo aço. Lennon empurrou os braços e as pernas para frente, com toda força possível. Lascas soltas de ferrugem no interior do duto prendiam-se contra sua pele, rasgando-a, mas também reduziam sua velocidade de descida. Alguns segundos assustadores mais tarde, cessou-se a queda.

Lennon estava pelado de cabeça para baixo em um duto de obras próximo ao rio Delaware, com os braços e pernas esfolados e os testículos escondidos em algum lugar de sua caixa torácica... Mas a queda cessara. Ele tentaria considerar qualquer aspecto positivo que houvesse naquela história.

Sua corrente sanguínea foi invadida por uma torrente de adrenalina. Ele adoraria soltar um grito. Então deu um empurrão bem firme contra as paredes do duto. Ele não ia cair. De jeito nenhum.

– Ele está preso – uma voz disse lá em cima.

Silêncio.

– Droga.

Outro silêncio.

– Você está morto, filho da puta! Melhor desistir agora e descer de uma vez. Quer levar chumbo? É isso? Duas azeitonas bem quentes entrando no seu rabo pra dar um fim rapidinho nessa palhaçada?

Lennon empurrou com mais força contra as paredes do duto. Era muita sacanagem morrer daquele jeito.

– Pegue aquele sarrafo e veja se dá pra empurrar o mané lá pra baixo. Vou pegar o revólver.

O pedaço de madeira fez um barulho, chocando-se contra o lado do duto. Então Lennon sentiu um soco bem forte na parte de trás da coxa esquerda. E então outro, mais forte ainda. As lascas de ferrugem enterraram-se mais fundo em sua pele. A madeira bateu bem na poupa de sua bunda, causando uma dor desgraçada, quase forçando-o a soltar-se.

O murro seguinte não o acertou, passando direto pelo vão entre o peito de Lennon e a parede do duto.

E a coisa deu uma parada.

Rezando para conseguir se apoiar em três membros, Lennon deu um jeito de agarrar o sarrafo com a mão esquerda. Sentiu um puxão para cima, mas segurou firme e então puxou para baixo. A força de seu empuxo quase o desalojou por inteiro do duto, mas ele aguentou firme, enquanto a ferrugem penetrava mais profundamente em sua pele.

O sarrafo estava em sua mão agora; o cara lá em cima o perdera.

– Droga. Ele pegou o sarrafo, cara.

– Não tem problema – disse a outra voz. – É agora mesmo que esse filho da puta vai *descer*.

Lennon olhou para a abertura do duto lá em cima. Um revólver estava apontado para ele e um polegar carnudo começou a puxar o martelo para trás. Então ele fez a única coisa que podia.

Empurrou o sarrafo para cima com toda a força que tinha.

A madeira bateu no punho do cara, surpreendendo-o por completo. A mão se abriu na hora, largando o revólver, cujo cano ficou preso na beira do duto. O peso da arma a puxou para baixo.

O revólver parou bem na genitália de Lennon. Ele soltou o sarrafo e esticou o braço para pegar a arma. Agarrou-a. Agarrou-a feito um garoto de 15 anos tocando sua primeira tetinha.

Vamos lá, filho da puta. Dê só uma olhada.

Olhe aqui *pra baixo*.

Com o polegar trêmulo, Lennon puxou o martelo para trás.

– Ah, seu filho da puta...

O cara olhou.

Lennon apertou uma vez e a cabeça do cara se partiu em duas.

Ouviu o outro cara gritando, mas não ia se preocupar com aquilo agora. Tinha ouvido os dois conversando antes. O cara que ele acabara de pipocar era obviamente o semiprofissional; o outro parecia ter entrado de gaiato e precisava de orientação a cada passo. E agora tinha perdido o chefe, o sarrafo e o revólver. Agora era esperar para que eles não tivessem outra arma. Lennon não precisaria se preocupar com ele por enquanto.

Sua preocupação agora era sair do duto.

Pelo jeito havia duas saídas. Uma delas inteligente e a outra cansativa, dolorosa e que prometia tirar sangue.

Por mais que tentasse, Lennon não estava conseguindo imaginar outro jeito mais inteligente. Pensou em descer o duto deslizando bem devagar, consumindo boa parte da pele, mas conseguindo chegar ao fundo, onde talvez pudesse cavar até chegar à água, então prender a respiração e voltar à superfície boiando feito cortiça. Só que não tinha como saber o que havia lá embaixo. Ele podia encontrar um monte de lama prensada; ou quem sabe um leito de rocha firme. Aquele não era seu rio – droga, aquela não era sua cidade. Lennon então pensou em descer mais um pouco até encontrar o sarrafo, parti-lo e cruzar os pedaços no diâmetro do duto, fazendo uma escada. Entretanto, não havia garantias de que ele teria força ou que o sarrafo aguentaria o tranco. Talvez até a madeira fosse nova e forte; aquilo ali era um canteiro de obras.

Devido à posição em que Lennon se encontrava, o sangue continuava correndo para sua cabeça. Ele não podia ficar desse jeito para sempre. Corria o risco de, com excesso de sangue no cérebro, achar qualquer ideia idiota razoável e acabar morrendo. E seria uma forma estúpida de morrer.

Então escolheu o jeito doloroso, cansativo e sangrento: empurrar com força para cima e pedir aos céus para que a pele aguentasse até a superfície.

Era a única alternativa sensata.

E depois tinha uma coisa: ninguém disse que seria fácil se arrastar para fora de sua própria sepultura.

Quinze minutos depois, os dedos dos pés de Lennon tocaram na tampa superior do duto. Ele empurrou firme pela última vez, pressionou as pernas para fora e as enrolou em volta da beira do duto. Ele exigira demais de seus músculos, que àquela altura estavam exauridos, trincados, ardidos e clamando por um descanso para se recuperar, mas Lennon exigiu mais uma vez, a última, enrijecendo todo o corpo para dar impulso, agarrar a beirada do duto com as mãos e assim, finalmente, sair dali. Lennon deu um pinote, tropeçou e caiu no concreto.

O outro cara o aguardava ali.

Parecia ter chorado, mas as lágrimas secaram havia mais de dez minutos. Desde então ele estava pensando. Pensando muito. O moleque – Lennon viu agora; o cara era só um universitário ou algo assim – devia ter pensado nas várias formas de resolver aquela noite. Jogar o corpo do amigo sobre Lennon e depois se mandar dali? Jogar pelo duto uns blocos de concreto de cinzas e qualquer porcaria que visse na frente e esperar que desse certo? Ou simplesmente ligar para a polícia e tentar explicar o que houve?

Mas parecia que ele tinha tomado uma decisão bem diferente. O moleque esticou o braço, segurando um caderno e uma caneta.

– Eu sei que você é mudo – disse. – Era o que tentava me dizer naquela hora, não é? Então escreva aqui o que a gente deve fazer.

Lennon ergueu o tronco do chão, sentando-se. Pegou a caneta e o caderno e pensou nas opções. A primeira coisa que lhe ocorreu foi pegar a caneta, tirar a tampa, e enfiar a ponta no pescoço do moleque. Mas para isso ele teria de agarrar a cabeça do imbecil e pedir a Deus para que o sangue esguichasse para o outro lado e, além disso, Lennon não tinha certeza de que lhe sobrara energia suficiente para fazer isso. Talvez não conseguisse sequer destampar a caneta.

Ele precisava de um descanso e de respostas. Talvez o moleque pudesse lhe ajudar com a primeira coisa.

Lennon escreveu: *Quem é você?*

O moleque leu a pergunta e deu um sorriso.

– Sou Andy Whalen. Estou no último ano da faculdade. Estudo na La Salle. Aqui, ó. – Andy puxou do bolso traseiro de sua calça social preta uma carteira de couro marrom, toda ferrada, de onde tirou uma carteira de identidade.

Lennon olhou para a carteira de estudante. Ele não estava mentindo. Andrew Whalen, veterano na Universidade La Salle. Havia uma tarja magnética no verso da carteira.

– Olha só, eu não te conheço e, sinceramente, não quero nem saber quem é. Sei que o pai do Irado é envolvido em alguma parada de gângster, e você provavelmente está mais por dentro do que eu, mas...

Lennon tocou os lábios com um dedo, em sinal de silêncio. Então voltou a escrever: *Onde você mora?*

Andy leu.

– Oh, eu moro no campus.

No alojamento ou em um apartamento?

– No alojamento. Sou veterano, mas curto morar no Campus Sul, onde não tem apartamentos. Estou no São Neumann.

Sozinho?

– Isso. Fiquei de saco cheio de colegas esquisitos. Estou num quarto simples.

Era tudo que Lennon precisava saber.

Ele enfiou a caneta no pescoço de Andy, mirando mais para trás para que o sangue não espirrasse em cima dele. Andy pareceu muito surpreso, até que seus olhos se fecharam e ele apagou.

Anos antes, Lennon teria se sentido mal com uma coisa dessas. Quando estava no colegial, ele devorava as biografias de caras como Willie Sutton e Alvin Karpis, ladrões de banco civilizados que só atiravam se fosse absolutamente necessário – e se os civis não interferissem em nada. E essa ainda era a maneira com que Lennon gostava de fazer os "servicinhos bancários". Ameaça sim, mas nada de matança.

Entretanto, Lennon não conseguira compreender uma verdade no colegial. Algo que alguns de seus conhecidos chamavam de "lei humana". Não era lei divina, moral nem governamental. Era uma lei tão antiga quanto a humanidade, e a lei número um era a seguinte: se alguém o foder, você obrigatoriamente deve pagar na mesma moeda. Andy Whalen parecia gente boa. Mas tinha pegado um sarrafo e tentado jogá-lo pelado dentro de um duto.

Andy Whalen tinha fodido com Lennon.

Foi isso que lhe ocorreu enquanto tirava as roupas de Andy e jogava seu corpo no duto, seguido pelo corpo de seu companheiro semiprofissional. Primeiro, ele pegou a carteira da Cavaricci preta.

Viu o nome Mikal Ivankov Fieuchevsky, acompanhado por um endereço na Filadélfia.

Sobre a Benjamin

As roupas deram certinho em Lennon. Andy tinha mais ou menos a mesma altura e estrutura, menos a musculatura. Mas era melhor do que continuar pelado. Ou vestir aquela Cavaricci ridícula.

Se Lennon tivesse pensado melhor, teria despido Fieuchevsky primeiro. Porque embora tivesse a carteira do cara, não estava com as chaves da caminhonete. Provavelmente estavam no bolso frontal da calça social do cara morto. E Lennon não era desses criminosos que sabiam dar partida em qualquer carro sem chaves – apenas algumas marcas e modelos específicos e seletos. Não era o caso. Além disso, ele geralmente se limitava aos lances dos bancos, e os carros que usava nas fugas sempre tinham chaves. Assim, agora ele tinha de voltar à Filadélfia a pé.

A única opção visível era a grande ponte azul: a Benjamin Franklin, construída em 1926 para ligar Camden à Filadélfia. Lennon ainda não entendia por que decidiram fazer aquilo. Camden era uma bosta maior ainda que a Filadélfia.

Lennon pressionou o pescoço com dois dedos. A coisa estava preta.

Cuspiu na pista direita e começou a cruzar a ponte. No meio do caminho, percebeu que a ponte balançava muito. Não sabia que as pontes eram assim. Ficou irritado com o tremor aos seus pés.

Agora que tinha tomado um ar e organizado as ideias, começou a sentir dor para valer. Estava na cara que alguém tinha dedurado. Considerando a aparência do Sr. Fieuchevsky, a máfia russa estava envolvida na história. Alguém lhes contara o que eles estavam tramando, o valor em jogo, e traçou a rota de fuga exata. Isso lhes permitiu esconder uma van na estrada Kelly, então roubar os ladrões, desová-los e tocar a vida. Alguém lhes dissera tudo isso.

O problema era esse alguém.

Bling estava por dentro de todos os detalhes do roubo e tinha uma pequena ideia da estratégia de fuga. Mas nada com exatidão. Não sabia dos cronogramas, dos mapas, de nada.

Holden estava totalmente por fora. Lennon fez questão que fosse assim.

Portanto, ainda que Bling e/ou Holden se enchessem de heroína numa noite e decidissem abrir o bico para uma prostituta, não teriam conseguido dizer a ninguém nada sobre a parte do plano de fuga envolvendo a estrada Kelly. Lennon manteve essa parte em segredo. Não contou a ninguém sobre sua cronometragem, seu mapeamento ou sobre os treinos que fez.

Com exceção de uma pessoa.

Katie.

E Lennon não queria pensar nisso.

Não queria pensar que ela vinha se comportando de maneira muito esquisita nos últimos tempos.

Cheia de segredos.

Caladona.

Não.

Descanse primeiro. Depois pense e planeje. Doía muito não poder ligar para Katie imediatamente para lhe dar o código, contar o que acontecera. Em qualquer outra ocasião, Lennon estaria chateado com o fato de Katie estar preocupada. Mas o momento não era para isso. Ele precisava descansar e melhorar. Depois pensaria.

Depois de cruzar a Benjamin Franklin, Lennon foi parar logo acima da Cidade Velha da Filadélfia, antiga comunidade muito pobre, revitalizada a tempo das comemorações dos duzentos anos da cidade em 1976; agora, no novo milênio, o lugar desfrutava de uma renascença de restaurantes descolados, bares modernos, cafés transados e galerias de arte. Lennon não ligava para nada disso nesse momento. Tentava acessar o mapa da Filadélfia gravado na mente. Deveria haver uma estação de metrô na esquina da rua Dois com a

Market, que ele podia tomar até a prefeitura, fazer uma baldeação para chegar à zona norte, próximo à Universidade La Salle.

Depois de encontrar a rua Dois, o resto foi moleza. Lennon pulou a roleta para dentro da estação, feito um trem-bala. A composição Market-Franklin. Ele pegou o metrô, evitou olhar para as pessoas e saltou treze quarteirões depois, na Prefeitura, estação de transferência gratuita – exatamente como indicado nos mapas –, tomando uma linha mais suja ainda. O mapa na parede do trem indicava que, para chegar à La Salle, a melhor estação era a Olney, que ficava praticamente no final da linha.

Ao chegar ao nível da rua, saindo da estação, Lennon viu um ônibus azul e branco com uma letra "L" bem grossa pintada na lateral. Era o ônibus do campus. Lennon mostrou a identidade de Andy ao motorista, que lançou-lhe um olhar surpreso, mas não disse nada. Ele não estava nem aí. O ônibus passou por ruas maltratadas e logo chegou a um caminho cheio de árvores e campos escuros. Passou por uma placa que dizia São Neumann. Lennon se levantou e o motorista o deixou na frente de um prédio velho e sujo, de três andares.

Na entrada principal, duas roletas e um aluno com cara de sono, debruçado sobre um livro grosso de antologia literária. Não se viam guardas de segurança em canto nenhum do campus. Lennon passou o cartão na roleta, que liberou sua entrada. O aluno nem levantou a cabeça. Depois do saguão havia um corredor principal e, afixada em um dos quadros de aviso, uma lista com os nomes e seus respectivos quartos.

A. Whalen ocupava o quarto 119. Os corredores estavam desertos. Afinal, era noite de sexta-feira no mês de março. As aulas já tinham começado havia mais de dois meses, assim como as festas. O quarto que Lennon queria tinha uma trava acionada por código. Lennon ergueu o pé – com a bota de Andy – e chutou à direita da trava na porta. A porta se abriu. Lennon nem se deu ao trabalho de acender as luzes, ou checar a secretária eletrônica ou mesmo de tirar a roupa. Jogou-se na cama e fechou os olhos.

O prefeito sonha com Holmesburg

O Mcglinchey's estava coberto por uma fumaça cinza espessa, o que já era de esperar às 22 horas de uma sexta-feira.

– O que é isso?

– Dá só uma olhada.

Mothers deslizou um papel pela mesa de fórmica preta.

> **Procurado pelo FBI**
> Ordem de Identificação Nº 744 565 D
>
> **Patrick Selway Lennon**
> Vulgo: P.S. Lennon, Pat Lênin, Pete Thompson, Lawson Selway, Charles Banks, Ray Williams, "Len".
>
> **Descrição:**
> Natural de Listowel, Irlanda. Nascido em 22 de agosto de 1972. 1,72m de altura, 85 quilos, cabelo castanho-escuro e olhos azuis. Profissões: cozinheiro, estivador, balconista, escritor. Cicatrizes e marcas: uma cicatriz horizontal de 4cm nas costas da mão esquerda, cicatriz de 7cm na parte da frente do pescoço, sinal de nascença marrom no quadril direito. Devido a um ferimento na garganta, adquirido durante uma outra tentativa de roubo a banco, Lennon não pode falar.
>
> **Precaução**
> Lennon está provavelmente armado e deve ser considerado extremamente perigoso.

Era um pôster de "procurado" do FBI, recém-impresso da internet, e Saugherty percebeu que a data marcada ali era o dia seguinte. O tenente estava lhe passando uma cópia adiantada. Saugherty o leu.

– Esse é o cara do roubo do banco dessa manhã?

– Isso. Um deles. – Mothers tomou um gole da cerveja preta.

– Pensei que fossem todos negros.

– Não. Só um deles: Harrison Crosby. Seu parceiro era um desses fãs do Eminem, um tal de Holden Richards. E o motorista da fuga era esse irlandês de merda, Lennon.

— Espero que o FBI os pegue logo — disse Saugherty. — Meu Deus, como sinto falta do trabalho policial. Com toda sinceridade, não sei como você aguenta. Quer outra cerveja? Acho que vou querer também um cachorro-quente.

— Tá, vou querer mais uma. Mas vê se fica longe desse cachorro-quente. Venho aqui desde a época em que esses venenos custavam 25 centavos a unidade, e até hoje me arrependo de ter comido essa merda. E tem outra coisa sobre esse cara Lennon.

— O que é?

— Sabe aquela mulher atropelada pelo carro em fuga?

— Sei. Está tudo bem com ela?

— Ela vai sair dessa.

— E o bebê?

— Não sofreu um arranhão sequer. Mas a mulher é alguém importante.

— Importante pra quem?

— Para o prefeito.

— Quem é ela?

— Ela trabalha no meio político. Mora em Holmesburg, lá pelas bandas da rua Leon.

— Ele provavelmente valoriza as apresentações orais dela.

— Sim. E está oferecendo $20 mil. Só para acabar com esse cretino. Correu o boato essa noite lá na delegacia. Achei que se interessaria porque estou sabendo que você está louco pra construir uma sacadinha nos fundos de sua casa.

— Não, já desisti desse troço. Agora estou interessado em *feng shui*. Minha casa está toda desequilibrada espiritualmente.

— É caro pra cacete esse negócio de reequilibrar seu espírito.

— Peraí. Espírito não é bem a palavra que se usa; é outra... Chi. É isso. Meu chi.

— Então, tá. Paul, posso dizer ao prefeito que você vai investigar este caso como autônomo?

— Pode dizer ao prefeito que sou fã de Holmesburg e que estou sempre cuidando dos moradores de lá.

— O prefeito ficará feliz.
— Quem não vai ficar feliz é o Patrick Lennon — disse Saugherty.

Um gole depois:

— O prefeito não quer ele vivo, quer?

Funicular

O HOTEL CONQUISTADOR ESTAVA COM problemas de acesso à internet. Katie teve de contratar um motorista para levá-la ao cibercafé mais próximo para checar as notícias da Filadélfia — nada de mais. O jornal *Inquirer* só publicou a história mais tarde. Assalto a banco. Suspeitos ainda à solta; $650 mil roubados. Pistas promissoras e FBI promete solução rápida. Mentira. O FBI não tinha a menor ideia.

Mas... onde estava Patrick?

Ele não lhe dissera o número exato do voo para Porto Rico; só mandou que ela aproveitasse o resort, o cassino, a piscina e o serviço de quarto até ele chegar. Sol quente ao invés do ar gelado de Pocono. Katie alugara uma das cabanas exclusivas que ficavam no sopé da montanha, separadas do hotel principal e do cassino. Para chegar ao quarto era preciso pegar um bondinho que o resort chamava de *funicular*. Ela já devia ter dado umas doze voltas de funicular, para cima e para baixo, para cima e para baixo, admirando a vista do oceano azul e das folhagens viçosas que cobriam as montanhas, e então, no escuro, as luzes dos barcos oscilando ao longe. Ela não parava de pedir a Deus que Patrick aparecesse cruzando o cassino e lhe desse um sorriso; saberia, então, que tinha dado tudo certo. Pegaria a mão de Patrick e o levaria para pegar o funicular — provavelmente contaria, rindo, quantas vezes tinha andado naquela bosta e que ficava quase enjoada, mas que, obviamente, hah, hah, hah, não era o único motivo para seu enjoo. Ela o levaria para a cabana, abriria a garrafa de Vueve Clicquot que separara para a ocasião, e então, depois que ele estivesse bem relaxado...

... e então?

Katie não sabia.

Como se conta algo desta natureza?

Ela não estava conseguindo ler o romance que tinha levado – um livro de Lorene Cary sobre a Filadélfia durante a Guerra Civil. Era o que toda a cidade da Filadélfia deveria estar lendo ao mesmo tempo. Mas Katie não conseguia se concentrar. E não conseguia checar a internet sem ter de chamar um táxi, e já tinha feito isso 45 minutos antes.

Então Katie subiu em uma cadeira para pegar uma bolsinha de couro que escondera no alto das cortinas do quarto, bem fora de vista, entre as dobras do trilho e a cortina principal, enfiada em um saco plástico de fecho hermético e fixado ao tecido com alfinetes de segurança. Dentro da bolsinha de couro estava sua arma, uma Beretta. Retirou-a da bolsinha, limpou, remontou-a e voltou a escondê-la.

Não adiantou nada.

Alguém bateu na porta. Katie certificou-se de esconder bem a bolsinha de couro e, então, deu uma espiada pela fechadura.

Michael. Um dia antes do combinado.

Deus, se Patrick tivesse chegado conforme o plano...

Ela abriu a porta e não se conteve.

– Eu sei, eu sei, cheguei antes, mas...

Katie não o deixou concluir. Enfiou as mãos sob seus braços e as deslizou até os ombros, onde as repousou; em seguida inclinou-se para frente e encostou os lábios nos dele.

O filho da mãe

L ISA LIGOU PARA O CELULAR DE ANDREW pela última vez, então desistiu e ligou para o quarto no alojamento. Ela passara duas horas e meia ao volante até Wildwood para assistir aos filhos da mãe dos

Space Mafia no Thunderbird Lounge, e adivinha? Nem sinal de Andrew. Nada de Irado – seu comparsa russo de pescoço grosso. Ou seja, faltava a metade da banda. Justamente a metade que prestava.

Só restara o guitarrista e o baterista, e nenhum dos dois cantava. Eles fizeram uma piada, dizendo que os colegas tinham ido ao Festival Ozzfest e que chegariam a qualquer momento. Para preencher o tempo, tocaram alguns instrumentais clássicos de rock da banda The Ventures – "Walk, Don't Run", "Slaughter on Tenth Avenue" –, praticamente a única opção que se tem quando se conta apenas com uma guitarra e uma bateria, sem vocal. Ao final do set, a metade sobrevivente dos FDP Space Mafia estava tão desesperada que começou a tocar músicas natalinas ao estilo surf dos Ventures.

Que diabos Andrew tinha na cabeça?

E lá estava ela, com Karyn, com quem dividia a casa – de quem não gostava tanto, mas teve de convidar –, e sua melhor amiga Cynthia, que ainda não tinha visto a banda, mas ouvira Lisa falando bem dos garotos zilhões de vezes. O que, aliás, só piorava a situação. Lisa ficou com cara de babaca. Sem contar que o Thunderbird Lounge era meio decadente, cheio de gentalha que aproveitava os preços de primavera para adiantar as férias de verão. Cynthia fazia cara feia a cada dez minutos; Lisa estava só cronometrando.

Karyn, neste meio-tempo, encontrara um otário de cavanhaque e camiseta Weezer, com quem se atracou num canto no maior amasso. O otário provavelmente não sabia que vinte minutos antes, Karyn, bulímica de carteirinha, trancara-se no terceiro reservado do banheiro feminino, onde exorcizou todo o jantar que fizera num drive-thru. Karyn agora bebia uma vodca com uva do monte, mas nem isso conseguia disfarçar o bafo de vômito. Talvez o otário estivesse bêbado demais para perceber. Ou o gosto da cerveja em sua própria boca o impedisse de sentir aquele gosto. Lisa ficou toda arrepiada.

Lisa resolveu esperar mais uma hora, então decidiu voltar para casa, ligando para o celular de Andrew a cada 15 minutos durante todo o trajeto. Karyn implorara às duas que ficassem mais um pouco, mas não adiantou. Na metade do caminho, Lisa já estava arrependida de não ter deixado Karyn para trás. Não parava de ligar para Andrew. Nada. Só dava caixa postal. Que filho da mãe!

Deixou Cynthia em casa, pedindo mil desculpas, e então voltou para casa com bafo de esgoto. Tentou ligar mais uma vez para o celular e em seguida para o fixo. Caiu na secretária. Nada.

Não era a primeira vez que Andrew aprontava. Naquele verão, Irado o levara a uma festa, maior farra da história, com umas garçonetes que eles conheceram no Thunderbird – nem queira vê-la falar nessa história –, e os dois dirigiram por uma hora, até a casa do pai de Irado lá pelas bandas de Egg Harbor Township, onde dormiriam por duas horas. Só que as duas figuras eram aguardadas em Wildwood para tocar no Thunderbird naquela noite. Oh, Andrew e Irado apareceram sim, mas com duas horas de atraso, com cara de sono e ainda fedendo a Jack Daniel's. Justamente naquela noite Lisa levara a mãe para ouvir a banda. Ela jurou que era a última vez.

Portanto, ela não estava pensando que Andrew pudesse ter sofrido um acidente de carro ou qualquer outra tragédia, pois conhecia muito bem a peça. Irado o carregara para alguma aventura, e ela já tinha cansado de esperar. Quer saber? Quero mais é que o Andrew coma o rabo daquele russo, já que ele prefere a companhia dele à minha.

– Andrew, se você estiver aí, melhor atender essa porra e acho bom ir pensando numa boa desculpa.

Esta fala foi seguida por um bipe mais demorado.

A equipe de limpeza

PRÓXIMO AO RIO, ENCONTRARAM A caminhonete de Mikal, duas sacolas de cadáveres abertas e vazias e um jato de sangue. Era para ser apenas uma vistoria rotineira, para ver o que o garoto estava aprontando naquela noite. Ele não tinha aparecido para o show em Wildwood – um colega tinha reportado.

– Vocês não o viram em lugar nenhum aí por perto?
Disseram que não.
– Tem sangue dentro da caminhonete?
Não. Só pelo canteiro de obras. Algumas lonas, concreto e dutos saindo do chão.
– Alguma coisa dentro desses dutos?
Não dava para ver direito. Estavam sem lanternas ou algo do gênero. Provavelmente não. Mas podiam dar uma olhada. Desligaram, prometendo retornar logo.
– Puta que o pariu.
– O que fazemos agora?
– Esfriar a cabeça. Só esfriar a porra da cabeça. É tudo que podemos fazer.
– Não quero fazer isso. Tenho que pensar, tenho que pensar.
Quinze minutos depois, ligaram novamente para o pai de Mikal.
A agenda de Mikal ainda estava na caminhonete, disseram, e havia uma reunião marcada para aquela data. Os nomes: Patrick Lennon, Harrison Crosby e Holden. Não sabiam os detalhes exatos da reunião, mas por acaso aqueles eram os nomes dos três ladrões suspeitos de terem roubado $650 mil de uma agência do Wachovia no centro naquela manhã.
A história tinha sido publicada pelos jornais. Será que ele não tinha lido?
Mentira. Nenhum jornal noticiara aquela história. Mas o pai de Mikal não sabia disso.
O pai de Mikal não sabia de *nada* daquilo. Era assunto exclusivamente de Mikal.
– Ladrões de ban...co? – o pai tentou confirmar, cerrando os dentes.
Nem precisavam ver o cara para saber que estava cerrando os dentes.
A primeira coisa a ser feita era encontrar Mikal. (Tá bem, vamos ver!) Orientaram-nos a se separar: um cara iria à casa de Mikal em Voorhees, Nova Jersey, e o outro iria à casa do amigo, o tecla-

dista chamado Andrew. Ele morava ao nordeste da cidade, perto de onde moravam alguns membros da equipe.

– Então vamos nessa.

– Você sabe que a gente não vai encontrar porra nenhuma.

– Isso não é problema nosso. O homem manda, a gente obedece. Vamos nessa.

Um garoto inacabado

O PAI DE MIKAL PEGOU UMA GARRAFA gelada de Stoli no frigobar de seu escritório. Serviu um copo para o filho, que estava muito afoito para agradar o pai e aprender tudo sobre sua arte ao mesmo tempo. Em algum estúdio de gravação no centro da Filadélfia próximo ao rio, estavam as fitas do álbum de rock inacabado de Mikal. Seu pai pagara $18.500 para usar o estúdio por duas semanas, com tudo, incluindo engenheiros de som e técnicos de mixagem. Fora um presente de aniversário atrasado. O garoto estava superentusiasmado e tinha de voltar para o estúdio no fim de semana seguinte – teve de ser adiado devido à apresentação no litoral. Mikal acabara de completar vinte e dois anos.

Agora o velho considerava aqueles $18.500, e pensava que pagaria dez – ou melhor, cem – vezes mais só pelo sórdido prazer de alugar uma sala enorme, com isolamento acústico e chão de concreto, dois ganchos de açougue e uma dessas mangueiras industriais bem grandes para limpar tudo depois. Ele queria que os três ladrões de banco passassem por moedores de carne e que seus restos fossem encharcados com gasolina e queimados.

Mikal pensou em mandar alguém ao estúdio para pegar as fitas, para que os ladrões escutassem a música. Nos momentos em que não estivessem gritando pelo amor de Deus para não matá-los.

Quarenta e cinco minutos depois, o celular tocou. Eram seus empregados. Tinham descoberto que alguém estava dormindo no quarto do amigo de Mikal. E não era o amigo de Mikal.

Acima e abaixo

Lennon ouviu o ranger de aço e abriu imediatamente os olhos. Mais uma vez, as memórias recentes voltavam-lhe à cabeça. Ele passou as mãos doloridas na cama de solteiro sob seu corpo, e sacou que não estava em sua própria cama. Estava em um quarto pequeno. Uma luz fraca vindo da janela à direita revelava alguns detalhes; havia um guarda-roupa de madeira e uma mesinha de trabalho. Era um quarto de alojamento. O nome Andrew Whalen veio-lhe à mente, então Lennon lembrou-se de tudo.

O aço gritou novamente e algo pesado fez um barulho lá fora.

Lennon sentou-se, sentindo um incômodo muscular desgraçado, o corpo pedindo cama por mais alguns minutos, meses ou anos, mas ele tinha de ver. Olhou para o andar de baixo pelo vidro, protegido por grades de segurança. Havia três homens encapuzados, de casaco preto. Um deles segurava um pé de cabra do tamanho da espada do rei Artur.

Eles tinham arrancado as barras da janela e preparavam-se para entrar no quarto abaixo.

O quarto de Andrew Whalen. Os russos.

Lennon tinha jogado com a sorte e invadira o quarto logo acima do de Whalen. Em um prédio assim, geralmente os quartos simples ficavam acima de outros quartos simples, os duplos acima dos duplos e por aí vai, de forma que os dutos do aquecedor e de água quente se alinhassem. O quarto de Whalen era arriscado demais – logo alguém daria falta dele e apareceria lá, procurando-o. Um outro quarto simples era um risco mais inteligente. As pessoas que ficavam nos quartos simples eram solitárias que iam para casa nos finais de semana ou então veteranos que tinham amigos ou namoradas em outro canto do campus. Não foi a decisão mais segura que Lennon tomou, mas pior seria ficar perambulando pelas ruas de uma cidade que ele não conhecia tão bem, procurando abrigo. O apartamento "seguro" de sua equipe na zona oeste já não oferecia mais nenhuma segurança. Ele não tinha mais nenhum outro lugar para ir.

Lennon observou os homens entrando no quarto. Então ouviu um grito. Mas só por um segundo. Pensou em dar uma olhada mais de perto, para ver com quem ele estava confrontando. Mas não estava em condições para isso. Era melhor ficar ali, reorganizar-se, recobrar as forças e tentar solucionar os problemas com a cabeça e o corpo renovados de manhã.

Lennon deitou-se novamente e foi dormir, fazendo de tudo para não pensar em Katie.

Positivo operante

SAUGHERTY ESTAVA NA ESQUINA DA RUA Dezessete com a Market às 4 da manhã, "trêbado", a barriga cheia de cerveja e uísque, pensando em roubos de bancos. Sou um ladrão de banco, pensou. Oh-ho. Vou atacar esse banco aqui, um Wachovia. Brrrrr. Pra onde vou depois? Se eu for esperto, tento sair da cidade sem ficar preso em nenhum congestionamento. Como estou no centro da Filadélfia, por Deus, só com muita sorte mesmo.

Mas a história do jornal que Mothers tinha lhe passado no bar explicara isso. A gangue era astuta – os caras tinham distribuído cavaletes de manutenção fajutos por todo o lado oeste da rua Dezessete, que lhes facilitou o acesso à JFK, e então para... para onde? Aquela era a pergunta que valia $650 mil. A JFK dava direto na Estação Rua Trinta e a estradas de acesso à I-76, mas aquele era um dos pontos mais congestionados da cidade. Gente esperta como a que fez o serviço no Wachovia não iria para lá. Entretanto, partiram para a JFK por uma razão. Há pouquíssimas ruas entre a Dezessete e a Trinta – a maioria das ruas nos anos 1920 foram interrompidas devido aos trilhos férreos e ao rio. Oh-ho, sou um ladrão de banco, pra onde vou?

Saugherty checou a carteira. Ainda tinha mais de $200 em espécie. Mothers tinha lhe arranjado algum.

Ele fez sinal para um táxi na direção da rua Market. Estava sem um pingo de sono e sem a menor condição de dirigir.

O encontro

O TELEFONE TOCOU. LENNON ABRIU OS olhos cheios de remela. Levou um segundo, mas dessa vez lembrou-se de tudo mais rapidamente. O mais importante: o porquê de o telefone tocar.

O alarme que acionara fora ativado. Alguém estava querendo voltar para o quarto.

Tinha sido moleza armar aquela. Lennon rabiscara umas palavrinhas em um pedaço de papel, e em seguida o fixou à porta do quarto 219 com fita adesiva: "Aí, *brother*, tô 'ocupado' com uma gata. Ligue primeiro. POR FAVOR."

Lennon queria receber algum tipo de aviso, caso o ocupante do quarto 219 fosse voltar tarde da noite. Todo universitário tinha um conjunto de regras não verbais com relação a dar sorte com um membro do sexo oposto. (Lennon não tinha feito faculdade, mas era esperto o bastante para sacar tudo isso.) Se o cara fosse amigo de verdade, jamais impediria que um camarada usasse seu quarto para fins de atos carnais. O cara deixaria até mesmo um estranho que morava no mesmo corredor usar seu quarto para fins de atos imorais. Só mesmo um escroto armaria um barraco por causa de um *brother* que estivesse se dando bem.

A mensagem era suficientemente vaga – "*brother*" – para garantir pelo menos um telefonema. Por isso o telefone estava tocando.

O ocupante do quarto 219 estava a fim de entrar, mas queria saber se a barra estava limpa.

Lennon se levantou num pulo e todo seu corpo reclamou. Não havia tempo. Pegou a sacola plástica cheia de roupas que preparara antes de se deitar e saiu do quarto. Desceu um lance de escadas, cruzou vagarosamente o corredor principal, e entrou no banheiro masculino. Havia seis boxes com chuveiro, três de cada lado. Lennon entrou no que escolheu aleatoriamente e se trocou.

As roupas que ele escolhera no armário do aluno foram intencionalmente aleatórias. Uma camiseta preta da White Stripes, um blusão de moletom cinza da Penn State e um tênis da Vans, que não era do seu número. Ele ficou com a calça social preta de Andrew Whalen – caíam-lhe melhor do que qualquer outra coisa que ele viu no armário. Pegara também um relógio Timex Indiglo, muitíssimo inferior ao relógio de platina da Swiss Army que os russos lhe roubaram, mas pelo menos marcava a hora. Eram 2:30 da manhã.

Lennon estava um caco. Precisava logo encontrar um outro abrigo ou não aguentaria o tranco. Mais cedo ou mais tarde ele apagaria e seria encontrado pelos seguranças do campus, que chamariam a polícia, acabando então com tudo.

Então Lennon saiu do alojamento São Neumann e sentou-se na escada da frente. Quem lhe dera ter um cigarrinho; quem lhe dera ser fumante. Observou a escuridão e os raros alunos que muito de vez em quando passavam por ele, entrando no alojamento ou indo em direção ao estacionamento que ficava bem em frente. Levou 45 minutos, mas ele acabou encontrando o que queria: um aluno bêbado parado em frente à porta aberta de uma Chevy Cavalier, tentando decidir se devia vomitar ali e acabar logo com aquilo ou arriscar dar partida no carro, indo para casa antes de desmaiar.

Lennon dirigiu-se rapidamente ao estacionamento e armou a maior cena, esticando os braços para ajudar o cara. Ele já tinha visto as enormes bolas de vidro marrom presas aos postes em vários cantos nessa parte do campus – câmeras de segurança. Ao colocar a mão nas costas do cara, Lennon golpeou-lhe os rins, o que o paralisou temporariamente, e então deferiu mais um golpe, dessa vez na traqueia, o que o emudeceu temporariamente.

Lennon o empurrou para o lado do passageiro, pegou as chaves, deu partida no Cavalier, saiu do estacionamento e desceu o morro em direção à avenida Belfield. Uma vez que o carro estava apontado para fora do campus, Lennon parou. Espere. Ele não podia fazer isso ali – não nessa vizinhança. Lennon subiu o morro novamente e fez o contorno, parando bem na frente dos alojamentos. Ele então se esticou, abriu a porta do passageiro e empurrou o moleque para fora. Mais cedo ou mais tarde os seguranças do campus o encontrariam. Além do mais, os amigos não deixam os amigos dirigir bêbados.

Agora, abrigo de novo. Lennon não conhecia tão bem as redondezas para saber onde era seguro e onde não era; daí tentou encontrar a única área que conhecia: a estrada Kelly. Havia uma porção de pontes e dosséis cobertos por árvores ao longo da avenida. Um deles deveria servir temporariamente como abrigo. Levou um tempo para encontrá-la – as ruas eram muito confusas nessa parte da cidade, com armazéns queimados e pontos comerciais arruinados –, mas Lennon acabou pegando a I-76 e então pegou a saída para a estrada Kelly. Encontrou o que queria em três minutos, então se arrastou para o banco traseiro para tentar melhorar.

Sim, com certeza ele voltara à cena do crime/traição, mas também era o último lugar que os russos pensariam em procurá-lo. Em poucas horas Lennon se levantaria, roubaria outro carro, iria ao estacionamento, pegaria o dinheiro e daria o fora dessa cidade. Tentaria então compreender qual era a de Katie, dos russos e qual a relação entre ambos. Isto é, *se* houvesse alguma.

Um pouquinho mais adiante na estrada, o sangue de Lennon – esguichado quase 18 horas antes – ensopava o mato e a lama ao lado do rio Schuylkill.

Extradição de Montana

Inconsciência. Escuridão.
Então:
Uma batida no vidro.

Que droga. Ele estava cansado de ser incomodado. Do jeito que andava sem sorte, provavelmente era um guarda. Talvez aquele moleque bêbado de La Salle já tivesse dado parte do carro. Ele deveria ter procurado outro lugar para dormir. Ou pelo menos deveria ter dormido lá fora nos arbustos frios, longe do carro. Mas isso não o teria ajudado a melhorar mais rapidamente. As repetidas porradas que levara na cabeça não fizeram nada bem ao seu raciocínio. Agora tentava entender a situação com muita dificuldade.

— Ei, você aí dentro! — disse a voz.

Lennon se sentou e, mais uma vez, se arrependeu do que fez. Queria ter dado um jeito de segurar a arma do moleque russo.

Um cara vestindo um casaco esporte de quinta categoria estava fora do carro, apontando uma Glock 17 para ele. Arma típica de policial — 17 rounds, mas só 850 gramas quando completamente carregada, gatilho macio. Postura com duas mãos típica de policial também.

— Abra a porta — mandou, a voz meio embargada.

Policial à paisana, rondando àquela hora da madrugada. Provavelmente voltava do bar onde se encontrara com os colegas depois do expediente, estava a caminho de casa quando viu o carro. O que era incrível — Lennon o escondera bem. Mas nunca se sabe o que chamará a atenção de um policial. O filho da mãe devia ter sentido o cheiro.

Lennon se sentou e viu algo estranho estacionado mais adiante na estrada Kelly. Era um táxi amarelo — um *Yellow Cab* — com os faróis acesos e a porta do passageiro aberta.

— Vamos lá, rapaz — disse o policial.

Lennon encolheu os ombros, se esticou e abriu a porta do passageiro.

O policial continuou apontando a Glock para Lennon, mas logo se virou e fez sinal, dispensando o táxi. Então abriu a porta, entrou e se sentou bem ao lado de Lennon. Continuou com a pistola o tempo todo. O policial estava bêbado.

— E aí, como estão as coisas? Eu estou muito bem. Tenho até que dizer: estou dando uma sorte do cacete esta noite. Comi dois cachorros-quentes lá no McGlinchey's horas atrás, e ainda não deu vontade de ir ao banheiro. Talvez meu estômago esteja se adaptando.

Lennon só ficou olhando para ele. O que esse cara estava querendo? Ele não estava tentando extorquir. Aquilo ali era outra coisa.

— Já comeu um Memphis Dog? É só 25 centavos. E de quebra você ainda tem direito a um copo de Yuengling Black & Tan. É o mais próximo que um trabalhador da Filadélfia consegue chegar do nirvana.

Lennon ergueu as mãos bem devagar, segurando uma caneta invisível em uma delas e a usou para rabiscar uma mensagem imaginária na palma da outra. Então fez um gesto como se estivesse cortando a garganta.

– Ah, sim, é isso mesmo. Você é mudo, não é Pat?

Essa não. Esse policial. Ele estava trabalhando no caso do Wachovia.

Ferrou.

– Por que foi mesmo que você ficou assim? As informações que recebi não deram detalhes sobre isso. Acho que foi um servicinho em um banco. Levou bala embaixo do queixo? Ou alguém tentou te trair, te cortou feito um bife e te abandonou pra morrer? Roubar bancos é uma profissão muito perigosa. Sinceramente, não sei qual é a graça que vocês acham nesse negócio.

Lennon ficou parado. Só olhando. Mais cedo ou mais tarde, esse cara mostraria aonde queria chegar. E então ele decidiria se o risco seria muito alto se tentasse tirar a arma dele.

– Aposto que você está aí tentando entender o que está rolando, né Pat? Provavelmente está se perguntando como sei seu nome e como o achei tão rapidamente. Relaxa, meu *brother*. Suas dúvidas não são nada perto da lista de dúvidas que tenho na cabeça. Como por exemplo: por que o encontrei com tanta facilidade? Vocês não são os ladrões espertos que sabem muito bem como sair da cidade rapidinho, na surdina? Achei que eu estaria lendo sua extradição de Montana em algum momento. Mas o fato de você ainda estar aqui me faz pensar que o plano não deu tão certo como todos imaginam. O que levanta ainda mais dúvidas e questionamentos.

O cara – Lennon já não tinha tanta certeza de que se tratava mesmo de um policial; definitivamente ele tinha sido, mas algo nele indicava *aposentadoria precoce* – fez uma pausa para ajeitar a calça na região da genitália. A pistola permaneceu apontada.

– Cadê os seus comparsas? Vocês eram três. Você é o motorista; o negão e o branquelo eram os operacionais. Talvez estejam te esperando no esconderijo lá em cima onde Judas perdeu as botas, e por algum motivo você está preso aqui. É isso, não é? A grana ainda está aqui. Você está só esperando a barra ficar limpa.

O cara parou, esperando uma reação de Lennon. Depois de mais ou menos um minuto de silêncio, Lennon simplesmente encolheu os ombros.

– Você faz o tipo caladão, né? Bem, deixe eu abrir logo o jogo. Até que enfim.

– Eu podia meter bala nos seus cornos agorinha mesmo, no próximo segundo, e receber $20 mil. Que é uma boa grana.

Definitivamente aquele sujeito não era mais policial. Não que os policiais não fizessem merdas como essa, mas ele não estaria bradando uma coisa assim. Obviamente, o fato de estar bradando aquilo significava que ele ia dar um tiro na cara de Lennon, de qualquer maneira. Em seguida, perguntaria sobre o dinheiro.

– A menos que a gente fosse pegar a grana, quando a barra tivesse limpa, e fizéssemos um trato. Se estiver me entendendo, balance a cabeça uma vez.

Lennon balançou a cabeça.

– Muito bem. Então vou te dizer como é que a gente vai fazer...

Com o braço direito, Lennon deflagrou um golpe, pegando no punho do cara, desviando a Glock, que agora apontava para os fundos do para-brisa.

Mas o cara conseguiu apertar o gatilho. Ele era *rápido*. Devia já estar esperando que Lennon aprontasse uma dessas.

O tiro perfurou-lhe o ombro esquerdo, parecendo um golpe de martelo. A área imediatamente foi tomada por uma dormência enquanto o sangue tentava circular em todos os locais, menos ali. Só que não teve jeito. O sangue começou a jorrar do ombro, ensopando a camisa de moletom da Penn State. Ali no escuro, pareceu preto.

– Está vendo só... – disse o cara, calmamente puxando a mão do braço direito de Lennon, já enfraquecido. – Não vamos chegar a lugar nenhum assim. E não estou pronto para deixá-lo tomar uma decisão precipitada. O certo é ter condições de refletir sobre essas coisas em paz. Cadê a chave deste carro?

Lennon fechou os olhos, tentando parar a dor e planejar o próximo passo. De nada adiantaria tentar fazer a mesma coisa duas vezes. Ele precisava pensar.

O cara deu-lhe um tapinha no rosto com o cano da pistola, ainda quente.

— E aí, cara? Fiz uma pergunta simples. A chave, cadê?

As chaves. Estavam acima do para-sol do motorista. O interesse pela chave significava que o cara queria levá-lo a algum lugar. Era a chance de que ele precisava para pensar, bolar alguma coisa. O sujeito não conseguiria dirigir o tempo todo apontando a arma para o rosto de Lennon.

Lennon apontou na direção do para-sol. O cara sorriu.

— Valeu, meu irmãozinho.

Ele saiu do carro, deu a volta até a porta do motorista, abriu e pegou as chaves. Em seguida, foi até a parte de trás, apertou o botão e abriu o porta-malas.

— Cacete, Pat! Você precisa ver essa parada aqui atrás — gritou lá de fora. — Detesto ter de lhe dizer isso, mas não vai ser nada confortável pra você.

E não foi mesmo.

Manhã
de sábado

Está me achando com cara de ladrão de banco?
— Willie Sutton

Saúde e doença

Katie deixou Michael na cabana à 1:55 da manhã e pediu-lhe que ficasse lá até que ela telefonasse. Ele concordou, já que tinha mesmo uns assuntos pendentes para resolver. Mandou-a tomar cuidado e ligar para ele caso algo desse errado. Ele chegaria lá num piscar de olhos. Katie disse que ficaria bem. Ela definitivamente não queria envolvê-lo nisso.

Às 6:10, o voo de Katie vindo de San Juan chegou ao Aeroporto Internacional da Filadélfia. Meia hora depois ela já estava em um carro alugado, um Buick Regal preto, depois de colocar no porta-malas a única bolsa que levara. Às 7:05 ela chegava à Rittenhouse Square. Às 7:08 batia na porta do quarto 910 no Rittenhouse Towers, um condomínio/hotel. Às 7:10, a porta se abriu.

– Katie?

– Bom-dia, Henry.

– Não era pra você estar viajando de férias?

Katie foi entrando direto. A porta conduzia a um apartamento de três quartos, avaliado em $1.275.000: janelões do chão ao teto, oferecendo vistas dos dois rios, piso de tábua corrida. Muito legal, mas de maneira nenhuma o melhor apartamento no prédio. Henry Wilcoxson não gostava de nada muito ostentoso. Estava quase aposentado. Era um "*jugmarker*", um homem que planejava roubos a bancos para outras equipes em troca de um percentual sobre os lucros. Katie conhecia Wilcoxson porque ele trabalhara com Lennon muitos anos antes. Os dois aprenderam muito com o homem; ele era para o casal o que mais se aproximava de um mentor.

Wilcoxson se estabelecera na Filadélfia, apesar do fato de ter fugido de duas penitenciárias do local – da Eastern State e da Holmesburg – nos anos 1950, usando um nome diferente. Agora era proprietário de vários restaurantes e cafés na cidade e no subúrbio e, salvo raríssimos casos, estava fora do crime. Wilcoxson gostava de dar um palpite aqui, um conselho ali, mas não ia muito além disso.

– Aceita um café? – Wilcoxson ofereceu. – Estou fazendo um pouco.

– Com esta cara de sono? Está fazendo coisa nenhuma. Está sabendo de alguma coisa?

– Não. Nada que não tenha sido noticiado. Todos os sinais indicam que o plano deu certo. Mas, pelo visto, Patrick não chegou ao local de encontro predeterminado.

Katie parecia não ouvi-lo. Largou a bolsa no chão, então saiu andando pelo apartamento, toda pálida, olhando, distante, lá para fora pela janela, para o brilho azul que vinha das duas torres do Liberty Place.

– Posso usar o toalete?

Wilcoxson sorriu confuso a princípio, então olhou para Katie novamente e lembrou-se.

– Claro que sim.

O inferno bíblico

LENNON DEVERIA TER DESMAIADO A ESSA ALTURA. Depois de levar um tiro e um golpe de pistola e ser trancado no porta-malas do carro – "Isso é pra baixar sua crista", explicou o ex-policial –, já era para seu cérebro ter recebido as instruções vitais para apagar. Mas não foi o que aconteceu. Lennon permaneceu dolorosamente acordado, só que numa densa névoa mental o tempo inteiro: passou pelas ruas acidentadas da cidade, entrou em uma garagem, saiu do porta-malas, parou em cima de uma porta grossa de madeira estendida sobre dois armários baixos de metal, formando uma mesa.

Ele estava todo preso em correntes e elástico grosso do tipo usado para *bungee-jump*, também usado para erguer móveis até o terraço. O ex-policial tomara o cuidado de isolar o ombro e o antebraço direito de Lennon, sem deixar de prendê-lo por todas as outras partes.

Lennon não fazia a menor ideia de que ponto da cidade estava – não sabia sequer se estava na cidade. Nem quem era esse cara e o que estava por vir.

Lennon só sabia de uma coisa: esse filho da mãe não ia pôr as mãos no dinheiro. Se fosse para morrer, partiria com os $650 mil.

– Olha só que engraçado: eu estava aqui pensando em amordaçá-lo, mas nem preciso me preocupar com isso, não é?

A garagem comportava dois carros. O Chevy Cavalier roubado estava em uma vaga; Lennon estava na outra, amarrado a uma mesa. Esse cara – caso morasse mesmo aqui – usava a garagem para guardar ferramentas e outras tralhas. Uma pá ergonômica. Um aspirador de pó. O quadro de uma bicicleta. Uma grelha a gás, toda enferrujada, com um botijão. Prateleiras cobrindo todas as paredes, com tanta tralha que chegavam a estar abauladas.

– O tempo está passando, meu irmão. Se você não for a um médico logo, vai morrer de hemorragia. Acredite: sei muito bem. Já vi caras levar doze balas no lombo e sobreviver. Mas basta um tiro sem atenção médica pra te matar. Mesmo que a bala tenha cruzado de um lado para outro, o que acho que deve ter sido o caso, pois tem um belo furo lá no banco traseiro. Mesmo assim, seu ombro vai ficar horrível em algumas horas. E vou te mandar uma real: o negócio tá feio. Já está começando a feder.

Seu sequestrador colocou uma caneta em sua mão direita e enfiou um bloco amarelo abaixo.

Lennon só olhou para ele atentamente.

– Agora vou ter que ser sincero. Não tem trato nenhum a ser feito. Só disse isso pra te fazer cooperar. Agora você tem uma motivação mais forte: manter-se vivo. Você quer continuar a viver, não quer?

Honestamente, àquela altura, Lennon não tinha tanta certeza.

– Claro que quer. Melhor estar vivo sob custódia federal do que enterrado no meio do Pennypack Park.

Com sua mão carnuda, o cara envolveu a mão com que Lennon escrevia e apertou.

– Sabe o que significa "Pennypack"? Águas mortas e profundas. Só fui descobrir isso há pouco tempo, e olha que vivo aqui desde que nasci.

Fez-se um silêncio.

Lennon começou a rabiscar no bloco.

– É isso aí – disse o cara, inclinando-se para dar uma olhada.

Ele fechou a cara.

– Como é que é? Tá mandando eu me foder? Então tá certo, meu camarada. Faça como quiser.

Ele desapareceu e Lennon ouviu uma porta bater.

Ali mesmo Lennon se deu conta de que havia cometido um erro. Deveria ter engolido o ódio e escrito um local plausível – droga, direcione-o a qualquer estacionamento no centro e dê-lhe uma marca fajuta, um modelo e uma placa quaisquer. Isso pelo menos o tiraria de cena por um tempo; Lennon estimava que estava a mais ou menos trinta minutos do centro da cidade de Filadélfia.

Lennon pensou naquele nome – Pennypack Park. Pareceu-lhe familiar. Consultou o mapa da Filadélfia que arquivara no cérebro para o trabalho. Nada no centro. Nada no sul ou no oeste da cidade; ele estudara essas áreas, procurando possíveis rotas de fuga. Talvez estivesse perto do subúrbio.

Pennypack, Pennypack. O nome o incomodava. Ou fazia o jogo e saía com mais de 600 mil ou ia parar nas águas mortas e profundas. Mas onde aquilo se encaixava no mapa da Filadélfia? O maior parque na cidade era o Fairmount, e a estrada Kelly desembocava bem no meio do parque. O cara tinha dirigido por muito tempo para estar próximo ao centro da cidade, a menos que tivesse bancado o espertinho e dado voltas em círculos.

Lennon ouviu o peso do sujeito rangendo sobre o assoalho lá em cima. Provavelmente sua cozinha, bem acima da garagem. Dutos de gás e água emaranhavam-se pelo teto. Dava para ouvir a voz dele lá em cima, murmurando. Falando ao telefone.

Um pouco mais tarde, Lennon descobriu com quem ele tinha falado.

Pesadelo em vermelho

—Tenho novidades — Wilcoxson disse pelo celular.
— Não vou gostar desta novidade, não é mesmo? — perguntou Katie. Ela caminhava em círculos pela Rittenhouse Square, tomando chá descafeinado em um copo de papel, lutando para não perder o controle. Estava ficando cada vez mais difícil, as emoções, a temperatura corporal, tudo estava uma loucura. Ela estava louca para ligar para Michael, mas seria muita fraqueza. Acabara de chegar. Podia resolver tudo sozinha.

— Não. O último trato falhou.

Embora conhecesse o código, Katie não entendeu o que Henry dizia. O Banco Wachovia tinha sido roubado. A notícia fora divulgada por todos os jornais locais.

— Segundo a sessão de negócios, o trato deu certo.

— Na verdade, deu sim. A princípio. Mas falhou durante os acertos financeiros e uma outra pessoa se meteu.

— Alguém de dentro?

— Não. Uma empresa externa.

— Quem?

Silêncio.

— Não sei se eu deveria revelar esse tipo de informação, pois ainda não foi reportada em lugar nenhum. Na verdade, ainda nem mesmo o SEC recebeu quaisquer indícios.

SEC = FBI.

— Ai, diabo, me conta logo — disse Katie.

— Ah, vamos almoçar e conversar sobre isso detalhadamente. Existem outras opções para você e sua família.

— Porra, quem foi, Henry?

Ele suspirou.

– Seu marido não ia gostar que eu discutisse os negócios dele assim com você, mas, pensando bem, talvez seja até melhor que você fique sabendo por mim. Foi uma empresa estrangeira, com interesses financeiros cada vez maiores nesta parte do estado.

– Está falando da empresa sediada em Milão?

– Não. Uh... São Petersburgo.

Katie emudeceu. Russos?

O que os russos estavam fazendo envolvidos nisso? Pense, pense. O fundo roubado era destinado à revitalização urbana. Talvez a máfia russa tivesse influência nas construções e nos negociadores, ou estivesse pronta para realizar as demolições. Que droga. Katie não conhecia muito sobre a Filadélfia – apenas os aspectos físicos e alguns fatos históricos básicos, como, por exemplo, sabia que a máfia italiana fora dizimada nessa cidade nos últimos vinte anos. Katie não fazia ideia de que os russos tinham tanta força. Pense. Qual era o interesse deles aqui? Como ficaram sabendo do roubo?

E o que fizeram com Patrick?

– Você tem o número da pessoa encarregada pelar RP dessa empresa?

– Deus do céu, não, Katie! – exclamou Wilcoxson.

Mande lembranças a Mothers

DEVIA TER-SE PASSADO MEIA HORA. Lennon sentia o sangue jorrando do ombro em ondas bem lentas e estáveis. Cansou-se de fazer um inventário dos itens presentes na garagem do sequestrador – alicates, martelos, molduras de fotos, serra elétrica, chaves de fenda automáticas... Mas pelo menos assim ele não pensava em Katie. Por alguns instantes. Até que voltou a pensar nela.

Lennon precisava repensar sobre isso. Havia outra fonte por onde vazara o plano – não Katie.

Por que então ela surgiu em seus pensamentos assim que ele se deu conta de ter havido uma traição?

A forma com que ela se comportara no último mês. Estranha. Katie não era uma garota de segredos — pelo menos não com ele. Não se tratava de algo assim tão grave, só uma série de coisinhas aparentemente inconsequentes. Afazeres que surgiam de uma hora para outra. Telefonemas que logo se tornavam educados depois que ele voltava para casa. O histórico de acessos à internet constantemente apagado.

Pare, Lennon. Pense em quem mais poderia tê-lo dedurado. Não podia ter sido o Bling, pois estava morto.

Mas não deu para você abrir o saco, não é? Você nem sabe se os corpos foram pelo duto abaixo. Onde estavam Holden e Bling durante a batida? No banco detrás. Onde a van bateu? Bem na porta do motorista. A batida apagou Holden e Bling? Ou será que os dois deviam dinheiro à máfia russa e resolveram pagar entregando o motorista da fuga?

Não, o Bling não. Bling era quase tão ridículo quanto Katie.

A menos que tivesse sido o Bling com a Katie.

Não.

Pense primeiro no sangramento. Como parar o sangramento. Como se soltar desta mesa. Como dar o fora dessa porcaria de garagem.

Então vieram as respostas.

Uma porta atrás dele se abriu.

— Não acredito — disse uma voz. — Pat, você ainda está acordado?

Lennon ficou olhando para o teto.

Alguém lhe deu uma bofetada.

— Ô, vamos deixar de grosseria. Trouxe um amigo. Este é Patrick Selway Lennon, ladrão de banco e fugitivo. Lennon, esse aqui é o cara que vai tirar algumas respostas de você.

O outro sujeito deu a volta na mesa, olhando para Lennon de cima a baixo. Era um cara grandalhão. Não era gordo nem parecia especificamente forte; apenas grande, largo e alto. Tinha um bigode espesso, bem preto, uma cara de sono e, na cabeça, um chapéu Borsalino. Parecia cansado, tinha uma cara de mau e não parava de fazer careta.

— Cumprimente o cara, Pat — disse o ex-policial. — Ih, foi mal... esqueci.

O grandalhão se virou e começou a olhar em volta da garagem.

— Você tem jornal, ou algo assim, pra proteger dos respingos?

— Ummmm. Não sei. Espere, pintei o quarto dos fundos alguns meses atrás e o conjunto veio com um plástico para proteger o chão. Nunca usei porque é tudo uma merda. Serve?

— Serve. Desdobre e coloque aqui, à direita dele, no chão e sobre qualquer outra coisa que você não queira que suje.

O sequestrador achou o plástico e o desembalou. Seu companheiro grandalhão tirou do coldre, sob o braço direito, uma pistola Sig Sauer e puxou para trás, colocando uma bala. O sequestrador desapareceu. Ouviu-se então o som de plástico estalando.

— Hei, Saugherty.

O sequestrador levantou rapidamente a cabeça.

— Huh?

O grandalhão apontou a pistola bem no peito de Saugherty e atirou. Com as mãos, Saugherty apoiou-se na mesa arrastando-se na superfície, e então sua cabeça pendeu para a frente, como se fosse uma dobradiça que de repente tivesse resolvido se dobrar para o lado errado. Então um murmúrio, dedos deslizando da mesa, em seguida uma pancada no chão.

Lennon levantou a cabeça e olhou para o grandalhão.

O grandalhão olhou para ele.

— Qual é? Tá esperando uma explicação?

Lennon olhou bem para ele.

— Bem, este será um dia extremamente frustrante pra você.

O grandalhão desapareceu e subiu as escadas. O assoalho acima rangeu. Ele começou a fazer uma ligação.

Cidade da frustração

E U NÃO DEVIA TER CONFIADO NESSE filho da mãe — balbuciou uma voz vindo do chão.

O ex-policial, Saugherty, ainda se encontrava entre os vivos.

– Deus do céu, que dor. Pelo menos ele fez a gentileza de me mandar esticar um plástico aqui. Assim, as coisas não ficam sujas por aqui. – Ele começou a rir e logo a gemer. – Ah, não me faça rir.

Lennon escutava. Aguardava.

– Você aí em cima. Tá me ouvindo? Eu sei que você é mudo, mas pode dar uma tossidinha? Talvez um resmungo? Um assobio? Ninguém precisa de cordas vocais pra assobiar. Ou será que precisa?

Depois de pensar um pouco, Lennon tossiu.

– Até que enfim! Uma conversa de verdade. Tô me sentindo feito a professora de Helen Keller.

Lennon tossiu novamente.

– Sabe, você é um dos últimos grandes piadistas, Pat. Rápido, direto ao ponto, sem deixar de prender a atenção.

Lennon tossiu – desta vez, impaciente.

– Tá bem, tá bem. Não sei se vou continuar consciente por mais tempo. Tô começando a ver tudo cinza. Então é o seguinte. Vou te passar meu berro e você vai tentar atirar bem na fuça daquele traidor filho de uma puta.

Quem diria. Pelo jeito, o dia seria frustrante para outra pessoa.

– Tá me entendendo? Bata na mesa com a mão livre. Esqueci qual delas está livre.

Lennon deu uma leve batida com a mão direita.

– Muito bem. Seguinte: não vou tentar negociar contigo, não. Não sou nenhum idiota. Só me faça um favor. De homem pra homem. Se você sair dessa e matar esse escroto, por favor, não dê cabo de mim. Me esqueça, e eu te esquecerei.

Por mim tanto faz, pensou Lennon.

– Tô sendo sincero. Tussa se entendeu. Ah, foda-se, não me importa se você mentir. Só preciso saber se você me entendeu. E vou contar com o fato de que, no fundo no fundo, você é humano.

Lennon esperou alguns instantes – sentiu que Saugherty só se daria por satisfeito se ele parecesse pensar seriamente naquilo –, então tossiu.

— É isso aí.

Após alguns resmungos e sussurros, Lennon sentiu o polímero da Glock deslizando contra seus dedos. A arma bateu sobre a mesa. Ele esticou-se e, com os dedos, virou-a e então segurou-a com a mão, pelo cabo. Pronto.

Bem-vindo à Cidade da Frustração. Número de habitantes: 1 — o Desprezível Escroto Lá Em Cima.

— Pegou?

Lennon tossiu.

— Beleza. Muito bem. Vou ficar aqui respirando poeira do chão um pouco. Me acorda quando a diversão começar.

Passou um tempo.

— Ah, meu Deus — Saugherty resmungou. — Ah, filho da puta.

Foi uma longa espera. O que quer que o grandalhão estivesse aprontando lá em cima, não estava com o mínimo de pressa. Lennon estava louco para fazer algumas perguntinhas a Saugherty. Quem era aquele cara? Outro policial? Ele tinha um quê de tira. O que ele e Saugherty planejavam fazer? Provavelmente torturar Lennon até que ele abrisse o bico, revelando o paradeiro dos $650 mil; então dividiriam a grana e se livrariam dele. O tal Saugherty não tinha sangue-frio o bastante para o lance da tortura, daí chamou um amigo bom de soco. Alguém em quem ele achava que pudesse confiar.

Agora, o Grandalhão. O que *ele* tinha em mente? Talvez o Grandalhão quisesse os $650 mil só para ele. Mas aquele valor não justificaria o risco de matar um antigo parceiro. Ou o Grandalhão era muito burro e ganancioso, ou então estava rolando algo mais. Lennon tendia a acreditar na segunda opção. Pensou no que o Grandalhão dissera. *Este será um dia extremamente frustrante pra você.* Ou seja, ele tinha outros planos para Lennon. Se o dinheiro fosse a única questão em jogo, Grandalhão teria começado imediatamente os procedimentos de tortura. Não foi o que aconteceu. Ele subiu e ligou para alguém. Quem?

Quando a porta da frente lá em cima rangeu e uns passos bem pesados chegaram ao local que Lennon imaginava ser a cozinha, a resposta veio à tona.

Que droga.
Grandalhão estava envolvido com a máfia russa.
A máfia russa estava atrás do dinheiro.
A máfia russa provavelmente queria também conversar com ele sobre os garotos mortos no duto próximo ao rio.
Por isso ele ainda estava vivo. Para ser torturado mais tarde.
Lennon se lembrou da pistola em sua mão. Apertou o cabo.
— Ih, rapaz, fodeu! — Saugherty balbuciou do chão. — Parece que tem um pelotão lá em cima.
Lennon tentou contar os passos, para ter uma ideia do número de gente com que ele estava lidando ali, mas se perdeu na contagem. Olhou em volta da garagem, esperando que uma resposta surgisse. Uma saída. Qualquer coisa.
— Não tô querendo ser pessimista não, Pat, mas acho que tu vai morrer, malandro.

Jogo de cintura

PATRICK SELWAY LENNON PODE SER um homem morto, pensou Saugherty, mas eu não.
Estavam sempre subestimando os outros. Subestimaram o cara logo que ele saiu da polícia, e ainda o subestimavam agora. Mothers também. Principalmente Mothers. Como pôde, atirar-lhe no peito. Mothers trabalhou com ele na Décima Quinta. Mothers sempre o sacaneou por não usar colete à prova de bala. Saugherty queria assim — o cara deu um "foda-se" para o Nível II. E de qualquer maneira, Saugherty sempre usou o colete, na surdina.
Ele percebera um efeito colateral interessante de uma dieta regular composta por Jack Daniel's, bacon e hambúrgueres: rápida perda de peso. Maldita dieta da proteína. Incrível. Saugherty perdeu a gordura, manteve os músculos e usou o colete sem que ninguém percebesse. Saugherty o usava o tempo todo. Era sua segunda pele.

Se Saugherty decidisse encarar aquilo com toda a honestidade, admitiria que se tratava praticamente de um fetiche. Mais um segredo. Mais uma forma com a qual continuavam a subestimá-lo.

Mothers meteu chumbo em seu peito, seguindo o que todo bom policial aprende a fazer. Centro de gravidade. Ah, sim, a pancada o derrubou, praticamente apagando-o. Mas não causou nenhum dano permanente. Um hematomazinho, sem qualquer perfuração cutânea.

Saugherty fizera o maior teatro, contorcendo-se no chão, embora houvesse um pouco de verdade na cena. Aquela droga doía muito. Graças a Deus, Mothers não deu um segundo tiro para garantir, apesar de uma bala só bastar. Agora Saugherty descobriria o que *realmente* estava rolando.

Saugherty sabia que aquela história de o prefeito estar comendo a mulher da rua Leon era mentira. A retidão do prefeito era maior do que a de um pau de um urso pardo: o cara orgulhava-se de ser batista praticante, original do norte da Filadélfia, apaixonado pela esposa com quem estava casado havia trinta e cinco anos. Estava envolvido em outra parada – essa distribuição financeira no bairro, que servia para encobrir seus débitos com velhos amigos. Revitalização arquitetônica simplesmente não era um de seus vícios.

Na época, Saugherty não dera muita importância. Mothers estava oferecendo uma boa grana por um serviço rápido, e foi isso.

Entretanto, de repente aquilo se tornara outra coisa. Algo num valor maior que $325 mil.

Algo envolvendo vários cúmplices.

Saugherty estava duplamente feliz por ter passado a arma para o ladrão mudo. Fizera aquilo com a intenção de se precaver: distrair Mothers o tempo suficiente para conseguir acertar o filho da mãe. Isso mesmo. Mothers não o revistara sequer para ver se ele estava armado. Seu trabuco fora parar na mão do mudo, mas Saugherty ainda tinha uma pistola de cano curto em um coldre minúsculo em sua lombar. O ladrão mudo mandaria algumas azeitonas; Mothers levaria uma ou duas, mas revidaria e Saugherty o acertaria lá de baixo. Perfeito.

Agora, Saugherty percebeu a grande sacada que foi dar a arma para o mudo. A ideia era deixá-lo atacar primeiro e levar os primeiros tiros. Saugherty tentava se concentrar no número de passos que ele ouvia e em quantas armas Mothers tinha em seu poder.

Se tivesse que chutar, diria três.

Se desse sorte, o mudo conseguiria eliminar uma, talvez até duas, antes de levar chumbo. Sobrava então pelo menos duas para Saugherty. Seria moleza, se ele conseguisse surpreendê-los. Mothers primeiro – era provavelmente o mais perigoso –, então os outros.

Saugherty esticou o braço para trás e, com os dedos, envolveu a pistola escondida.

– Hei – falou para o mudo –, aponte no centro de gravidade.

O desaforo de $650

OS DOIS PAIS SENTARAM-SE JUNTOS na lanchonete – a Dining Car – na avenida Frankford, próximo à estrada Academy, saída da I-95. Era cedo, muito cedo – quase oito da manhã. Fora uma longa noite. Uma porção de telefonemas que tiraram os dois de suas camas. Outra série deles para esclarecer os fatos. E, finalmente, mais dois telefonemas para marcar este café da manhã.

– Como está sua Lisa? – Evsei Fieuchevsky perguntou.

– Está bem – respondeu seu convidado, Raymond Perelli.

– Seus rapazes a trataram bem.

– Que bom.

– E... o seu garoto?

Fieuchevsky fez uma cara feia.

– Ainda desaparecido.

– Filho da puta.

– Isso mesmo. Puta que pariu.

Lisa.

Mikal.

Os pais não sabiam sobre a relação entre os dois. Lisa Perelli vinha namorando Andrew Whalen, veterano na Universidade La Salle, havia três meses – desde o final das férias de inverno, quando uma das amigas de Lisa dispensara Andrew Whalen e ela o ajudara a sair da fossa. Todo o mundo sabia que os dois se davam muitíssimo bem. Lisa já sabia das manias de Andrew; ouvira Kimberly se queixar delas várias vezes. Ela sabia como driblá-las e usá-las, moldando-o à sua maneira. E quase conseguia.

Por mera coincidência, Andrew Whalen tocava em uma banda de rock com Mikal Fieuchevsky, filho de um russo suspeito de ser *vor* da *mafiya*, que morava no nordeste da Filadélfia.

A Comissão de Crime do sudeste da Pensilvânia não considerava nada disso como mera coincidência. Tinham grampeado os telefones do alojamento e da casa de Andrew Whalen desde o dia 10 de janeiro de 2003, assim que chegaram à sede os boatos sobre o romance entre Whalen e Perelli. A Comissão de Crime considerava aquilo como uma ligação direta entre a máfia italiana em decadência e a máfia russa, mais jovem, enxuta e durona. A relação era uma emboscada, presumiram; Whalen levava pelo menos três mamadas por semana (de acordo com as gravações e fotos de vigilância) e, em troca, agia como intermediário entre Evsei Fieuchevsky, suspeito *vor* da *mafiya*, e Ray Perelli, o chefe do que restara da patética máfia da Filadélfia, passando mensagens e instruções e às vezes dinheiro vivo. Ray "Chardonnay" Perelli tratava bem seu jovem mensageiro, a Comissão de Crime descobriu. Além do culto de adoração peniana oferecida por sua filha, Ray presenteou Whalen com um Yahama DX7-II para usar nos shows. Um presente de aniversário.

A Comissão de Crime estava redondamente enganada. Andrew Whalen tinha consciência dos antecedentes duvidosos do pai de Mikal, mas não fazia ideia sobre Lisa. Tudo que sabia era que ela era meio possessiva, mas também a mulher mais sensual que ele tinha namorado. Exigente, mas supereficaz. Valia a pena. Por isso não deixava de procurá-la. O teclado DX7-II foi muito bem-vindo.

– Aqui – disse Fieuchevsky, passando um envelope pelo tampo da mesa de fórmica vermelha. – Isto é para compensar pelos danos que possivelmente causamos.

Perelli sorriu.

– Não precisa fazer isso.

– Faço questão.

Perelli fez uma cena, recusando o envelope, mas acabou pegando-o depois de alguns instantes e colocando-o no bolso do paletó.

– Tem alguma coisa que eu possa fazer por você?

Agora era a vez de Fieuchevsky fingir um sorriso afetuoso.

– Não, não. Negócio encerrado. Saboreie sua carne-seca.

– Olha só, eu quero ajudar.

E esse papo furado se estendeu por todo o café da manhã, enquanto Perelli comia sua carne-seca – ou, como ele gostava de chamá-la, "merda ressecada" – e Fieuchevsky saboreava seu omelete de tomates, três porções de bacon e Stoli com gelo. A situação era constrangedora, falsa e delicada. A coisa chegou a uma oportuna conclusão quando Fieuchevsky passou um pôster de "procurado" do FBI, dobrado em três, para Perelli.

– Se você ou algum dos seus por acaso encontrar este homem, eu agradeceria imensamente se me dessem a chance de ser o primeiro a dar uma palavrinha com ele.

Perelli pegou o pôster e o colocou no bolso.

– Seria um prazer.

Fieuchevsky pensou, esse carcamano desgraçado nem consegue achar o próprio pau embaixo dessa bolha de banha.

Perelli pensou, esses russos escrotos estão começando a perder a manha. É hora de voltar ao jogo.

Um celular tocou. Era o de Fieuchevsky. Ele escutou atentamente e então disse a Perelli que precisava ir. De uma hora para outra, Perelli também precisava ir, e agradeceu imensamente a Fieuchevsky pelo café da manhã de $8,95.

Lá fora, em seu BMW prata, Perelli abriu o envelope. Ficou de queixo caído. O envelope continha um cheque pessoal no valor de $650. No espaço reservado para comentários, havia a seguinte nota: "Barras da janela da faculdade."

A porcaria da grade na janela do alojamento.

Quer dizer então que três capangas russos, de pescoço bem grosso, invadem o quarto, atacam sua filha e tudo que esse comunista filho da puta tem a oferecer é $650?

Perelli sentiu vontade de vomitar a carne-seca. Bem em cima do para-brisa daquele escroto do Fieuchevsky.

E então ele teve a cara de pau de pedir um favor.

Encontre este cara. Patrick Selway Lennon. Ladrão de banco.

Ah, vá se foder, seu russo escroto. Encontre seu próprio otário e depois enfie o dedo no cu dele pra ver se dá sorte. Esses russos cretinos invadem a cidade, agindo como se sempre tivessem controlado as coisas por aqui. Rindo da porrada de denúncias no louco verão de 2001. Aí vieram os incidentes ridículos, como, por exemplo, aquele em que os policiais encontraram um sem-teto perneta embaixo da cama da esposa do chefão enquanto ele estava sendo julgado nos tribunais. Os russos, aproveitando-se dos restos de um império outrora grandioso.

Perelli sentou-se ao volante e saiu na toda, pau da vida. *Muito pau da vida.*

A terceira equipe

Q UANDO OS NEGROS ARMADOS ENTRARAM na garagem, Saugherty viu logo que sua hipótese estava certa. Além de Mothers, havia mais três outros caras. Não que ele tenha se sentido melhor com isso.

Talvez o mudo desse sorte e metesse chumbo em dois caras, deixando apenas dois para Saugherty. As chances não eram lá tão grandes, mas dava para ser feito.

– Solte-o – disse uma voz.

Dois caras com facas começaram a cortar a corda que prendia o mudo. O mudo obviamente escondera a arma em algum lugar por enquanto. Vamos nessa, agora, pensou Saugherty. Comecem a atirar. Pop! Pop! Um cara, dois caras abatidos. Deixando dois para Saugherty. A mão com que segurava a arma já estava ficando suada. Era difícil se fazer de morto ao mesmo tempo que se preparava para entrar em ação. O peito doía bastante. Pedia a Deus que ele não tivesse um espasmo muscular em um momento inoportuno.

Então, aconteceu algo inexplicável.

O mudo disparou da mesa – uma velha porta de madeira grossa que Saugherty encontrara ao revirar o lixo em Mt. Airy anos antes – e ao mesmo tempo a puxou sobre si. Cruzou a garagem com a porta nas costas, parecendo um caranguejo tentando desesperadamente segurar-se à sua carapaça. O mudo tentava usar a porta como escudo.

Os três caras armados caíram na gargalhada. Sacanearam, vaiando e perguntando:

– Hei, branquelo. Aonde está indo?

Quem poderia culpá-los? A cena era patética.

– Essa porta aí não vai te ajudar, Sr. Lennon – disse Mothers, com um sorriso nos lábios.

Os homens sacaram metralhadoras de seus casacos inchados. Carregaram-nas. Retiraram as travas dos gatilhos. Os outros dois tinham pistolas pretas semiautomáticas, as quais abriram rapidamente para carregar de balas. A garagem encheu-se do som dos cliques metálicos agudos. Apenas uma metralhadora já bastaria para cortar o mudo e Saugherty ao meio. Caramba, esses caras tinham um poder de fogo suficiente para atacar uma delegacia.

– Só precisamos de um braço – Mothers continuou. – O resto não importa. Estes caras aqui podem remover cirurgicamente seus membros do outro lado dessa porta em questão de segundos. Você não viverá muito, mas viverá o bastante para lhes ser útil.

A porta cambaleou. Será que o mudo estaria finalmente pegando a arma?

E se estivesse, que diabos esperava conseguir com isso?

A situação tinha ido de mau a pior. A única vantagem tática de Saugherty era que agora todos os quatro homens estavam de costas.

Ele podia tentar se levantar e disparar seis tiros rápidos em cada... não, isso era ridículo. Não havia como abater mais de dois sem que os outros se virassem e o transformassem em queijo suíço.

A porta se levantou alguns centímetros do chão da garagem. Apareceu então a ponta da Glock de Saugherty.

Os homens riram ainda mais e se prepararam para apontar.

Que diabos o mudo estava pensando?

– Ok. Será que alguém poderia fazer a gentileza de remover a perna desse filho da mãe?

Saugherty analisou a rota de pontaria do cano. Cruzava o chão da garagem, sobre a cabeça de Saugherty, atrás dele e no quê? Ele deu uma olhada.

O botijão da grelha.

Essa não.

– Removam isso aqui, cambada de escrotos – disse o mudo. Ele disparou a Glock.

Porta afora

A EXPLOSÃO O ATIROU DE VOLTA À parede da garagem, mas a porta manteve-se firme e forte. Lennon sentia o calor tentando atravessar a madeira. A porta não aguentaria muito mais tempo. Provavelmente já estava em chamas. Vagarosamente ele se ergueu, segurando a arma de Saugherty. Olhou para fora da porta de madeira.

A garagem de Saugherty estava em brasas. Praticamente tudo lá dentro estava enegrecido ou em chamas, inclusive os negros armados. (Pelo visto não eram da máfia russa.) Um deles contorcia-se no chão, e Lennon meteu-lhe bala. Forçou a vista através da fumaça, tentando ver se tinham outros vagabundos se mexendo. Aquele não era o momento de ficar na dúvida. Ele já estava mergulhado em assassinatos até o pescoço. Melhor então seria aproveitar e mandar ver.

O fogo, entretanto, estava descontrolado. Ele tinha de sair dali imediatamente. Não tinha certeza se aguentaria muito mais tempo sem perder a consciência. Seu corpo gritava e seu ombro gritava mais alto ainda.

A saída mais fácil: usar a porta.

As portas de alumínio da garagem já estavam se retorcendo. Deu para Lennon ouvir. Assim, ele ergueu a porta de madeira – que era pesada feito o diabo – e a usou para empurrar. A porta atravessou o alumínio e Lennon foi logo atrás. Afrouxou a pegada antes que a porta o derrubasse e cambaleou para o lado, soltando-a.

Todos os seus nervos foram tomados por uma nova dor dilacerante. Levanta! Levanta! Ele disse a si mesmo. Teve a sensação de que havia grelhado o cabelo na churrasqueira.

Ficou de pé e rapidamente estudou o local ao seu redor. Desorientação total! Deus do céu, parecia um beco sem saída suburbano. Um velocípede amarelo estava sobre a grama do outro lado. Era um dia de primavera, bem claro e ensolarado. O sol queimava sua pele.

E atrás dele, cinco homens torrados feito churrasco – três deles provavelmente membros de alguma gangue e os outros dois provavelmente policiais ou ex-policiais. Lennon estava com uma bala no braço e o resto do corpo cheio de hematomas e contusões. Tinha também uma arma na mão e $650 mil que o aguardavam no porta-malas de um carro no centro da Filadélfia.

Lennon começou a andar. Precisava sair daquela casa em chamas e fugir de quaisquer testemunhas oculares. Talvez fosse tarde demais para isso. Ele já tinha visto vários rostos espreitando por trás de cortinas, pais saindo por suas portas protegidas por telas contra insetos.

Chega. Já tinham se passado quase 24 horas desde o roubo no Wachovia. Estava na hora de dar uma conclusão à fuga.

O ar morno aguçou-lhe os sentidos, ou pelo menos deu essa ilusão.

Próximas tarefas:

Arranjar um carro.

Encontrar uma loja de conveniência. Roubar um cartão telefônico para chamadas interurbanas e uma mapa da Filadélfia.

Passar um pouco de álcool no ferimento do ombro.

Imobilizá-lo com um torniquete.

Rezar para que nada infeccionasse.

Descobrir em que buraco ele estava.

Ligar para o celular de Katie. Não dava mais para continuar assim. Bastavam trinta segundos ao telefone para ele obter as informações de que precisava.

Encontrar-se com ela. Ou fugir e preocupar-se com ela mais tarde.

Bolar um plano para sair da cidade, com o dinheiro.

Nunca mais na vida, em hipótese alguma, visitar a Filadélfia.

Uma lembrança afetuosa da adversidade

SAUGHERTY COMPROU SUA CASA NA estrada Colony em 1998, com sua então esposa Clarissa e seu filhinho de cinco anos. Na época ele fechou em $65 mil, o que resultou em uma hipoteca um tanto quanto pesada para o que ele ganhava como policial. Nos 15 anos seguintes, o valor da casa tinha dobrado, à medida que o mercado imobiliário se expandiu. Nos 15 anos seguintes, Clarissa tinha ido embora, o filho já estava com 20 anos, viciado em ecstasy e se tratando com medicamentos contra convulsões, e o salário de policial fora substituído por outras formas de renda. Clarissa tinha se mudado para Warminster com o filho; Saugherty ficou com a casa por pura preguiça de se mudar. Ele não parava de dizer que queria alugar uma casa mais perto da cidade onde trabalhava a maior parte do tempo, mas nunca chegou a tomar uma iniciativa nesse sentido.

Porém, ali sentado na grama dos fundos no ar de primavera assistindo a sua propriedade de $135 mil (valor atual de mercado) queimar-se, Saugherty não pensava em nada disso. Sua mente ainda tentava compreender outra coisa.

Não, não tentava entender o fato de que seu ex-confidente e melhor amigo, Earl Mothers, tinha virado churrasco e ainda estava na brasa no interior de sua garagem que se derretia lentamente.

Não, não tentava compreender o fato de que três outros caras armados até os dentes – parecia até a Máfia Negra Júnior – também estavam na churrasqueira na Estrada Colony.

Nem o fato de que Saugherty, mais cedo ou mais tarde, teria de inventar uma boa história para explicar o amigo morto e os negros que viraram presunto dentro de sua casa em chamas.

Era o mudo.

Ele falou.

Todo esse tempo, o cara conseguia falar. Tinha enganado as pessoas por meses, talvez anos. Saugherty não sabia se as informações que lhe foram passadas sobre Lennon eram muito velhas, mas com certeza os detalhes sobre aquele mudinho não tinham brotado no dia anterior. Patrick Selway Lennon vinha enganando os outros por um bom tempo. Aquilo provavelmente o tornava atraente como um motorista de fuga – haveria melhor cúmplice do que um cara que não abriria o bico para os tiras?

O cara permaneceu quietinho, mesmo quando o circo pegou fogo e ele estava ali, na corda bamba; qualquer outro em seu lugar teria suplicado para viver.

Então por que ele teria se dado ao trabalho de abrir a boca e mandar aquela frase? Com direito a um sotaque irlandês e o cacete a quatro?

Removam isso aqui, cambada de escrotos.

Um limite do ódio. O cara atingira seu ponto de ebulição e explodiu, pipocando a tampa para o alto. Isto seria útil.

Agora Saugherty tinha de encontrar o cara. Presumiu que o danado tivesse sobrevivido à explosão, assim como ele mesmo. Aquela porta provavelmente o protegera. Saugherty mal começara a abrir a porta da garagem que dava para o porão quando o botijão explodiu. Ao perceber o trajeto da mira, da arma ao botijão, Saugherty resolveu dar um foda-se ao jogo que estava fazendo ali, fingindo-se de morto. Levantou-se num pulo e correu para se salvar. Dois dos quatro caras – inclusive Mothers – viraram a cabeça para ver Saugherty fugir. Os outros concentravam-se em Lennon e naquele cano da arma despontando por baixo da porta. Em questão de segundos, o local estava em chamas, e Saugherty mergulhava atrás de uma namoradeira. Uma bola de fogo invadiu o ar acima dele, e tudo em seu porão foi pelos ares. Ele teve de arremessar uma cadeira pela janela saliente do porão para conseguir chegar ao gramado lá fora.

Lennon não saíra por ali. Saugherty ficara sentado na grama, com a pistola em punho, aguardando-o.

Ele deve ter saído pela frente.

Saugherty deu a volta pelo lado da casa em direção à rua. O vizinho do lado, Jimmy Hadder, gerente de um Home Depot, agarrou-o pelo braço.

– Minha Nossa, você está bem?

– Invasão a domicílio – murmurou Saugherty. – Um bando de crioulos me derrubou, me roubou e ateou fogo na minha casa.

Ele estava improvisando ali na hora, inventando aquela história toda. Percebeu que deveria se calar antes de dizer alguma coisa que não desse para explicar depois.

– Um cara conseguiu fugir. Você o viu, Jim?

– Vi. Ele foi na direção da Axe Factory. Mas ele me pareceu ser branco.

– Hoje em dia está difícil de se distinguir, cara. Valeu, Jimbo.

Estrada Axe Factory, onde dava a estrada Colony. De lá, havia duas opções: Leste ou Oeste. Saugherty agradeceu e começou a correr na direção do beco sem saída.

Lá embaixo na direção do parque: nada. Lá em cima na direção da estrada Welsh: um lampejo do cara virando a esquina.

Te peguei.

Saugherty voltou correndo para pegar o carro que ele tomara de Lennon, então se deu conta de que o estacionara na garagem.

Conveniência

Lennon roubou um Hunter Green Chevy Cavalier 1997 estacionado numa rua chamada Tolbut. Agora um Chevy: molinho, molinho. Ele aprendera a dar partida em um Chevy sem precisar da chave. Além disso, não tinha alarme e a tranca presa ao volante não estava acionada. Ninguém acionava essas trancas. Mas o que tornou o carro ainda mais atraente foi o blusão de moletom embolado no banco traseiro. Lennon dirigiu dois quarteirões, parou, tirou o blusão todo ensanguentado e rasgado, e vestiu o outro. Este trazia estampado: Colégio Father Judge. Da noite para o dia, Lennon tinha voltado da faculdade ao colegial.

Algumas voltas e ele foi parar no que parecia uma estrada principal – a estrada Welsh. A dez minutos da estrada, do outro lado de uma via principal, a alameda Roosevelt, havia uma loja de conveniência. Lennon parou o carro e entrou. O ombro doía e a pele ardia. E Saugherty tinha razão. Ele estava começando a feder. Após dirigir alguns quilômetros da casa em chamas, ele tinha de fazer algum tipo de curativo primário naquela coisa. Mesmo que isso significasse derramar um pouco de vodka na ferida e cobri-la com gaze.

O ocupante do quarto 219 não tinha deixado nenhuma grana dando sopa; os universitários não faziam isso. Então Lennon precisava recorrer a um assalto à mão armada básico. Ele odiava fazer aquilo, pois acabava atraindo atenção para si. Só que os cartões telefônicos pré-pagos estavam atrás do balcão, de forma que era impossível meter a mão leve disfarçadamente.

Além disso, ele precisava de uma grana para segurar as pontas até colocar as mãos no dinheiro que estava no carro. E, comparado aos assassinatos que acabara de cometer, um roubozinho numa loja de conveniência não era nada.

Lennon escolheu um mapa detalhado das ruas da Filadélfia de um expositor giratório. Tivera uma ideia melhor de sua localização quando cruzou a alameda Roosevelt, mas uma rápida olhada no mapa confirmou. Estava no nordeste da Filadélfia, a mais ou menos 25 minutos do centro. Saugherty o levara para casa. De acordo com o mapa, o jeito mais rápido para voltar ao sul era pegar a alameda também conhecida como Rota 1, até o ponto de fusão com a I-76 em direção ao centro. Ele colocou o mapa de volta no expositor.

Pegou um exemplar do jornal *Philadelphia Daily News*, um pacote de frango desfiado pré-cozido – proteína fácil – e uma garrafa de água. Depois de pensar melhor, pegou um tubo do desodorante roll-on Old Spice. Colocou os itens no balcão.

O balconista olhou para ele de um jeito meio esquisito, enquanto empacotava as compras. Provavelmente o garoto estudava no Colégio Father Judge. Lennon levantou a camisa e mostrou a Glock enfiada na cintura da calça jeans. O garoto entendeu. Abriu a caixa registradora, retirou umas notas e as enfiou na sacola. Em seguida, Lennon apontou para os cartões telefônicos pré-pagos.

– Vai querer quantos? – perguntou o garoto.

Lennon só fechou o punho. *Passe-os para mim.*

– Tá bom.

O garoto pegou uma pilha de cartões e jogou na sacola. Lennon pegou a sacola.

– Te vejo depois na aula – disse, zombando.

Pelo visto, o garoto estava todo empolgado com aquilo. Provavelmente Lennon acabara de realizar uma fantasia que o garoto alimentava havia muito tempo ali no trabalho. *Aí, eu fui assaltado, brother!*

Havia uma câmera de segurança na loja, mas, àquela altura, Lennon concluiu que era irrelevante.

Depois de 15 minutos na alameda Roosevelt, Lennon foi tentando cortar o trânsito para chegar às pistas mais externas e virou em um estacionamento de um enorme shopping center. Encontrou um telefone público dentro de uma loja de departamentos – a Strawbridge's – e usou um dos cartões pré-pagos para ligar para o celular descartável de Katie. O de emergência.

Os cartões pré-pagos foram a melhor invenção para os roubos planejados desde a criação dos mapas rodoviários. Completamente irrastreáveis – aquelas operadoras inescrupulosas compravam minutos de ligações DDD em massa e os vendiam para os pobretões que não tinham condições de ter telefone em casa, ou que estavam com o nome sujo na praça, o que fazia com que as operadoras de telefonia a longa distância se recusassem a completar a chamada, ou criminosos que não queriam que rastreassem suas ligações. Não tinha como negociar, embora os cartões prometessem uma economia significativa por minuto. Mas quando se usava um cartão desses numa ligação para um celular que seria utilizado somente uma vez e então jogado fora, tinha-se um meio de comunicação quase perfeito.

O celular descartável de Katie deu cinco toques e então a ligação caiu na caixa postal.

Chamada perdida

O CELULAR DE KATIE TOCOU. Que droga. Ela não podia parar para atender agora. Não com o cano de uma Beretta na boca do gângster russo.

Espere.

Apenas duas pessoas tinham o número deste celular descartável. Uma delas era Patrick. O que tornava sem sentido continuar as negociações com esse cretino russo que se recusava a abrir o bico.

– Só um instantinho, tá? É claro que você vai esperar, né? – Katie remexeu na bolsa, achou o telefone e, com apenas uma das mãos, o abriu, mas era tarde demais. Tinha parado de tocar. Que merda.

Ela retirou a arma da boca do cara e então o deixou inconsciente com um golpe, deflagrado com a pistola. Ele não ia ajudar mesmo. Disse que não sabia de nada. Katie ligou para a caixa postal para checar as mensagens, esfregando a pistola no sofá do cara para limpar.

Não fora difícil encontrar o russo. Henry recusou-se a dar nome aos bois, e implorou para que ela fosse ao seu apartamento para pensar melhor sobre as coisas. Mas no final ele acabou cedendo e deu um nome: Evsei Fieuchevsky.

— Não sei se está envolvido, mas é provável que conheça algumas pessoas que talvez estejam por dentro.

Fieuchevsky dissera que não sabia de nada, e não importava. Uma busca na gaveta de sua mesa revelou um livro de endereços antiquado. Alguém naquela rede de conhecidos sabia o que acontecera com Patrick.

Chamada feita

Lennon não deixou recado. Nunca deixava – não valia a pena. Tentaria mais tarde. Tentava não se perturbar com o fato de Katie não ter atendido o número de emergência. Ele era o único que sabia desse número. Ela devia estar no banho ou temporariamente afastada do telefone. Ou estava achando que ele tivesse morrido. E agora sabia que estava vivo.

Agora não havia tempo para pensar nisso.

Deveria partir para o próximo passo do plano.

Ele não via a hora de sair da Filadélfia.

Busca

Saugherty observou Lennon usar os telefones. O cara não moveu nem um centímetro dos lábios. Estaria ouvindo suas mensagens ou recebendo instruções? Saugherty quase ficou triste por não ser mais policial. Se fosse, podia colocar alguém nos telefones da Strawbridge's, tentar localizar a chamada. Mas ele estava sozinho naquela. Trabalhando sem nenhuma ajuda. Em um carro – um Kia azul royal – que pegou emprestado com o vizinho Jimmy.

Ligar para Mothers tinha sido o maior vacilo do ano. Ele não ia cometer mais aquele erro.

Seguiria Lennon até o dinheiro, meteria bala nele e pegaria a grana. Ligaria para o FBI, dando uma pista. Deixaria os caras pegar o homem e se virar com aquela zona toda. Saugherty ainda precisaria de uma história, mas podia deixar isso para mais tarde.

Lennon saiu da Strawbridge's, mas não retornou ao carro roubado. Simplesmente foi pela lateral da loja, fugindo da agitação do shopping, e escolheu um outro carro – um Chevy, modelo mais antigo. Em questão de segundos, ele entrou no veículo. Saugherty não conseguiu sequer ver como ele fez aquilo. Incrível. Ele até se lembrou de um jogo eletrônico chamado Grand Theft Auto III. "Você vai curtir esse jogo, pai", dissera o filho, mas o jogo deixou Saugherty horrorizado. Nele, um cara saía roubando carros, assaltando e matando; os pontos eram computados em dólares roubados ou recebidos por meio de atividades ilícitas. De acordo com seu filho, era também uma insígnia de honra acumular tantas estrelas de "procurado" quanto pudesse – seis no máximo –, e o jeito mais fácil de se conseguir isso era matando os policiais. Seu filho adorava este jogo. Pelo visto ele nunca se tocou de que o pai ganhava o pão de cada dia colocando a vida em risco como policial, confrontando-se com cretinos reais que também consideravam uma insígnia de honra matar um tira.

O protagonista do jogo não tinha problema nenhum em roubar carros estacionados ou até mesmo ocupados. Bastava apenas aproximar o boneco do carro e apertar o botão. O falso mudinho parecia apertar o botão. Ele estava dentro do carro.

Saugherty o seguiu desde a saída do estacionamento até a alameda Roosevelt.

Ele achava uma pena não ter mais tempo para estudar esse cara. Todos subestimavam Saugherty, que continuou a subestimar o falso mudinho.

Qual era a dele? Onde estavam seus dois comparsas e por que não estavam nadando na grana? Ou será que já estavam? Estaria Lennon lutando para conseguir seu terço?

Não. Algo dera errado. Ladrões profissionais jamais permaneciam pela cidade-alvo. Agiam com tudo, agiam rapidamente e davam o fora. Havia algum problema que mantinha Lennon aqui.

Mas, qual seria o problema?

Que droga, Saugherty. Antes de começar a ferrar com a cabeça diariamente, você era um bom investigador. Ponha a cachola para funcionar. Pense adiante. Esta pode ser a diferença entre a vida que você sempre quis e a vida (agora) em uma casa queimada perto de Pennypack Park.

O relógio no painel do carro de seu vizinho marcava 9:34 da manhã. Havia muitos anos que ele não se encontrava fora da cama tão cedo assim.

Ele passara a noite em claro? Sim.

Lennon seguiu toda a alameda Roosevelt até o nordeste e passou por áreas horrorosas como Logan, Hunting Park, Feltonville e outros bairros que viveram seus dias de glória num passado muito distante – cheios de fábricas, empregos, delicatéssens locais, lojas de doces e gente que varria as escadas da frente todo santo dia. Agora a decadência era o que se fazia presente. Algumas pessoas ainda tentavam acreditar que valia a pena salvar os bairros. Essas pessoas eram vistas de vez em quando ao longo da alameda. Uma casa recém-pintada e com toldos novinhos em folha. O problema, entretanto, era que a casa geralmente ficava bem próxima a um buraco na vila onde a prefeitura tinha finalmente decidido demolir as casas. Ninguém queria mais se mudar para lugares assim – certamente não qualquer um que pudesse potencialmente salvar um bairro.

Saugherty tentava imaginar o que Lennon estava achando da vista – isto é, caso ele estivesse prestando atenção. Segundo a ficha do cara, ele nascera em Listowel, na Irlanda, mas só Deus sabia onde passara a adolescência. Quem sabe, talvez aqui. Talvez ele tivesse crescido em um fim de mundo como Feltonville, e fizesse os "servicinhos" para garantir que jamais voltaria a morar em um fim de mundo.

Se fosse esse o caso, Saugherty entendia bem. Ele fizera o mesmo. Cacete, era por isso que ele estava ali naquele momento.

As doze pistas da alameda afunilavam-se em quatro – duas em cada direção. Lennon continuou dirigindo. Passou pela placa indicando ESTRADA KELLY. Mais adiante, a alameda chegava ao fim e oferecia duas opções: oeste da I-76, em direção ao subúrbio, ou o leste da I-76, que passava pelo centro, indo para a zona sul e chegando finalmente ao Aeroporto Internacional da Filadélfia. Não havia nada para Lennon no oeste – a menos que ele estivesse com uma vontade louca de conhecer Valley Forge, onde George Washington e seu destacamento policial enrolaram trapos ao redor de seus pés ensanguentados e se prepararam para lutar com os ingleses.

Não, Lennon foi para o leste. Até aí, nada de novo. Agora a dúvida era: centro da Filadélfia, próximo à cena do crime, ou direto para o aeroporto, onde daria o fora daqui?

Bem, Lennon não ia sair da cidade com o que tinha, a não ser que tivesse escondido uma bolsa em um armário no aeroporto. Saugherty o revistara e sabia que o cara não tinha um centavo no bolso. Dificilmente teria faturado mais que 50 dólares em seu assaltozinho à loja de conveniência. Leia as placas nas portas. Estão dizendo a verdade. Sim, a única coisa que ele roubou daquela 7-Eleven, pelo que Saugherty viu, foi uma porção de cartões telefônicos e um salgadinho.

Café da manhã dos campeões. Se bem que Saugherty não dispensaria uns salgadinhos de frango agora. Ele estava com uma fome desgraçada – a última coisa que comera foram aqueles cachorros-quentes malditos.

Como previsto, Lennon pegou uma saída que o conduzia direto ao centro. Saugherty quase o perdeu – Lennon pegou outra saída súbita à direita, para a rua Vinte e Três.

Caramba. O cara estava voltando à cena do crime.

O gosto amargo de sangue

AQUELA MANHÃ NÃO ESTAVA SENDO nada boa para Evsei Fieuchevsky. Primeiro, a notícia do filho. Envolvido com ladrões de banco e agora morto? Como seu filho podia ter feito isso? O que Mikal tinha na cabeça? Depois o vacilo constrangedor com a filha do italiano balofo. Para completar, a chegada daquela vaca insana com uma pistola, invadindo sua casa em Morrell Park e ameaçando sua vida, caso ele não dissesse o que tinham feito com o ladrão de banco.

O tal ladrão provavelmente tinha apagado seu filho. Graças a Deus seu Dimitra não estava vivo para testemunhar sua vergonha.

Durante o ataque, Fieuchevsky limitou-se a ficar calado. Decidira mostrar paciência com a vaca insana. Deixaria a desgraçada gritar, se espernear, se descabelar, cuspir e ameaçar. Não importava. Logo, logo seus empregados – os que encontraram a caminhonete de Mikal – chegariam. Em trinta minutos, a vaca insana estaria pendurada por um gancho de carne em sua garagem, implorando para dar logo um fim misericordioso àquela tortura.

Só que então a vaca parou para atender o celular, e sem quê nem pra quê, apagou Fieuchevsky com um golpe.

Era muita loucura.

Outra loucura era ver aquele sofá amarelo de couro todo sujo com seu próprio sangue. A vaca insana dera-lhe uma porrada bem no meio da cara e depois, para retirar o sangue da arma, ainda esfregou-a em seu sofá. Seu sofá de $4 mil. Como se fosse lenço de papel.

Fieuchevsky não sabia se sentiria mais prazer ao ver a tortura do ladrão de banco ou da vaca insana.

Apreciaria os dois casos.

Então um nome veio-lhe à cabeça. Um forasteiro que conhecia esse tipo de coisa. Um amigo que certa vez seu filho mencionara. "Sabe esse cara de finanças que conheci, pai? Ele costumava roubar bancos. Só não vai contar isso pra ninguém, por favor – ele não quer que o pessoal fique sabendo."

Fieuchevsky pegou o telefone.

O prelude

LENNON ESTACIONOU NA RUA ARCH, a dois quarteirões do estacionamento. Aquele Chevy era uma carroça – era um alívio abandoná-lo. Queria mais que ele ficasse ali na Filadélfia e que os dois apodrecessem juntos. Pelo que observara no caminho, a cidade já estava meio podre mesmo.

Quem? Lennon? Amargo? Imagina!

Quando visse o Honda Prelude, conseguiria voltar a respirar. Não que estivesse preocupado com a possibilidade de não encontrá-lo – só mais duas pessoas sabiam a localização, marca e modelo do carro, e as duas estavam mortas, já em decomposição em um duto perto do rio. Não. Aquele era um alívio vindo de uma esfera cósmica. Estava aliviado em saber que nem tudo que ele tocava necessariamente virava merda.

Agora o que mais o preocupava era o ombro. Estava com um cheiro esquisito, parecendo comida chinesa depois de muito tempo na bancada da cozinha. Sinal de infecção. Sinal de complicação, a menos que procurasse logo um médico que lhe receitasse um antibiótico. A ferida já tinha se fechado e virado um calombo com uma casca; seu ombro jamais voltaria a ser o mesmo, mas pelo menos não estava sangrando. Em sua pirâmide pessoal de aflições, o ombro ficava bem no ápice. Imediatamente seguiam preocupações existenciais, de traições, de azar e tudo quanto era troço mental. Abaixo, havia uma base bem espessa de escoriações, contusões, cortes, torceduras e tudo mais. Lennon tinha a impressão de que, se fosse remover toda parte do corpo que estivesse quebrada ou doente, lhe restariam apenas os globos oculares e o baço. Talvez nem mesmo o baço.

Mas tudo aquilo ia melhorar. O dinheiro ajudaria. O dinheiro, uma passagem de avião, um quarto em um hotel resort, um médico camarada, uma comidinha gostosa, uma relaxada e uma musiquinha. E pronto. E ainda lhe sobraria meio milhão para tocar a vida. Se usado cautelosamente, aquele dinheiro poderia durar até Lennon completar uns 40 anos. Katie também.

Isto é, se Katie ainda estivesse na jogada.

Lennon virou a esquina e deu uma espiada no estacionamento. Havia um atendente na cabine, mas estava completamente distraído com algo em seu colo. Poucos carros estacionavam ali numa manhã de sábado, embora se tratasse de um estacionamento em que era possível permanecer por muito tempo. Isso praticamente nem preocupava Lennon. Imaginara encontrar mais automóveis, enterrando o Prelude em um oceano de carros mais sofisticados e modernos, com maior valor de mercado.

Ele foi andando pela segunda fileira, onde deixaram o Prelude. Nada. Talvez estivesse mais adiante.

A fileira acabou. Nada.

Só podia estar então na terceira fileira.

No meio da terceira fila, o atendente começou a observar Lennon.

Lennon apertou o pescoço com dois dedos, procurando a artéria carótida.

Estável agora.

Estável.

E começou a disparar.

Interlúdio em náusea

KATIE FEZ UMA RETROSPECTIVA DE SUA visita ao Morrell Park. Poderia ter sido conduzida melhor. Michael definitivamente *não* teria aprovado aquilo. Nem Patrick.

Mas também, Patrick provavelmente estava morto, então que importância tinha?

A menos que tivesse sido ele quem ligara naquela hora. Podia estar escondido em algum canto.

Só havia uma maneira de descobrir. Katie parou o carro alugado na Grant Avenue e ligou para Henry. Usou seu próprio celular, em vez do outro, de emergência. Sentia o estômago embrulhando, mas conseguiu se controlar respirando fundo. O oxigênio reduzia a náusea, se ela se esforçasse.

— Alô?

— Você me ligou mais ou menos uns vinte minutos atrás?

— Não. Mas, espere, não desligue. Preciso atender uma outra ligação, mas já despacho rapidinho.

Clique.

Droga. Katie nem sabia o que esperava ouvir. Que Henry tinha ligado ou não. Caso ele realmente não tivesse ligado, Patrick estava em algum lugar. Mas então por que não deixara uma mensagem? Porque o teimoso desgraçado nunca deixava mensagem. Sua religião não permitia.

Katie sentiu o estômago revirando-se novamente, e se concentrou na respiração.

Henry então recuperou a chamada.

– Katie, onde você está?

Ela ignorou a pergunta.

– Alguém me ligou vinte minutos atrás. Ligou para o outro número. Só duas pessoas têm esse número. Você e o Patrick.

– Então ele está bem. Me diga onde você está e enviarei um carro para pegá-la.

– Não. Me ajude a pensar. Onde Patrick estaria?

– Não sou bom em pensar ao telefone. Você sabe muito bem disso.

– Afinal, você é bom em quê?

Droga, Patrick. Ligue de novo. Conte-me o que está acontecendo. Diga que não meti a pistola na cara de um russo à toa.

– Olha só, menina, já ouvi desaforo demais para uma manhã só. Você sabe onde estou. Se quiser que eu a ajude a resolver esta parada, venha para cá. E só mais uma coisinha: cacete, desde que você embuchou, seu humor está uma droga.

– Vá se foder.

Nenhuma resposta.

– Tô chegando aí em vinte minutos – ela acrescentou.

O pagamento do forasteiro

H ENRY WILCOXSON RESGATOU a outra chamada.
– Evsei? Obrigado por aguardar. Acho que posso ajudá-lo sim.

Vácuo

Lennon sentiu um tapinha no ombro. Era o atendente do estacionamento.

– Posso ajudar? – perguntou, mas o tom que empregou expressava outra coisa. *Posso me livrar logo de você e voltar para minha cabine?*

Lennon fez que não com a cabeça. Mas o atendente insistiu.

– Qual é o carro que o senhor está procurando?

Lennon o ignorou e passou os olhos na última fileira de carros, próxima à divisão final entre o estacionamento e a rua. Sabia que não tinham estacionado o Prelude ali, mas talvez algum dos atendentes tivesse movido os carros. Volta e meia faziam isso, especialmente para abrir espaço na rua para uma equipe de trabalho; simplesmente colocavam os carros em um caminhão transportador e os tiravam do lugar ao seu bel-prazer. Aquilo parecia muito improvável, mas mesmo assim Lennon procurou.

O atendente desistiu e voltou para a cabine. Continuou olhando para Lennon, todo desconfiado.

Ele que se fodesse. Onde estava a porra do carro?

Havia somente duas possibilidades.

Uma – outro evento para lá de improvável –, alguém resolvera roubar o Honda Prelude e teve uma surpresa agradabilíssima ao abrir o porta-malas. Neste caso, Holden teria razão por estar apreensivo e o universo estava conspirando contra todos eles.

Aquilo era besteira.

A possibilidade mais provável era a de que um de seus comparsas, Bling ou Holden, o tivesse traído. Obviamente, isso levantava duas outras possibilidades: primeira – o traidor trabalhava para os russos, caso no qual ele sabia muito bem que a van estava a caminho para colidir e se protegeu do impacto e em seguida os levou até o Prelude. Segunda – o traidor sobrevivera à emboscada russa assim como Lennon, mas correu para o Prelude e saiu batido, presumindo que os outros estivessem mortos. Lennon não se apressara de volta ao Prelude, achando melhor se curar primeiro e deixar a poeira baixar.

Agora, entretanto, ele percebeu que a hesitação tinha sido apenas uma entre várias pisadas na bola que ele dera nas últimas 24 horas. Se tivesse ido direto para o Prelude, aquele escroto, o tal de Saugherty, não o teria pego dormindo na estrada Kelly e ele seria responsável apenas por duas mortes, e não por no mínimo... quantas tinham sido mesmo? Duas, três (Saugherty), quatro (o grande amigo de Saugherty), cinco, seis, sete estranhos armados? Para um ladrão pacífico convicto, Lennon tinha acumulado uma altíssima cota de cadáveres.

Deixaria isso para depois. Agora tinha que resolver o problema.

– Aí, mano.

Era o atendente do estacionamento.

– Telefone. Pra você.

Ele então passou um celular.

Tática de guerra

Assim que Ray "Chardonnay" Perelli saiu da Dining Car, ele ligou para o advogado, Donovan Platt.

– Como faço pra encontrar uma pessoa?

– Seria de grande ajuda se você fosse um pouco mais específico, Ray.

– Estou precisando encontrar um ladrão de banco.

– Um ladrão específico ou qualquer outro antigo ladrão?

– Um específico.

Silêncio.

– É o cara que aprontou lá no Wachovia ontem?

– Isso.

Platt assobiou.

– Qual é? Está querendo receber sua insígnia de mérito dos Escoteiros com trinta anos de atraso?

– Vá à merda, Zé Bunda.

— Opa, se acalme. Quer saber? Não me diga o motivo. Quem sou eu para perguntar o porquê, certo? Se quer encontrar esse cara, tente nos lugares de sempre.

— Onde, por exemplo?

— Esses ladrões profissionais são previsíveis. Caso ele ainda esteja na cidade, é sinal de que o dinheiro ainda está na cidade. Tente encontrá-lo nesses estacionamentos de diárias ilimitadas, guarda-volumes em rodoviárias ou quaisquer desses depósitos por aí. Se ele estiver tentando sair da cidade, estará no aeroporto, o que facilita sua localização, ou então estará dirigindo, o que impossibilita as coisas. Estes caras podem ser até previsíveis, mas são difíceis de rastrear. A tática deles é se misturar à multidão e daí sair fora o mais rápido possível.

— Espere, espere. Você disse estacionamentos, rodoviárias?

— Isso mesmo, Ray. Qualquer lugar onde se possa esconder alguma coisa sem levantar suspeitas.

— OK. Obrigado, Don.

— Posso perguntar... nossa, nem sei se devo perguntar.

— Perguntar o quê?

— Para que você precisa de um ladrão de banco.

— Não pergunte, Don. A gente se fala mais tarde.

A máfia italiana na Filadélfia sofreu uma série de mortes no início dos anos 1980, mas conseguiu se manter firme por toda aquela década e grande parte da década seguinte. Então, logo após os atentados de 11 de setembro, uma série de denúncias muito sérias destruiu a liderança que ainda restava.

Em questão de meses, nove membros e associados foram mandados para diversas penitenciárias federais em diferentes pontos dos Estados Unidos para comer uma gororoba e fazer trabalhos domésticos, pelos quais ganhavam 35 centavos a hora.

Em poucos anos, tudo que restou da máfia da Filadélfia foi uma coleção heterogênea de mandachuvas de nível médio, que queriam comandar o que sobrara, e uns bandidos insignificantes que se achavam os próprios gângsteres. Possuíam os ternos, mas faltava-lhes os músculos para recheá-los. Aprontavam umas trapaças medíocres, mas não eram inteligentes a ponto de conferir-lhes alguma importância.

Tudo o que restava da máfia da Filadélfia, na verdade, era um sistema de comunicação razoavelmente eficiente, mais velho e mais seguro do que a Ma Bell. Os velhos, os jovens, os caras de nível médio, todos se conversavam. E tudo não passava disso: conversa.

Assim, Ray Perelli resolveu avisar ao pessoal sobre o ladrão de banco que os russos estavam loucos para encontrar; rapidamente toda a gangue ficou antenada no caso. Sobretudo porque os russos estavam envolvidos. Era uma forma de ferrar com os comunistas desgraçados.

Em quinze minutos, Perelli recebeu a informação de que um estranho estava rondando um estacionamento logo abaixo do viaduto da JFK, próximo à rua Vinte e Dois. Perelli ligou para o atendente, primo de um amigo do seu vizinho do lado, que trabalhava para bancar seu penúltimo ano na Tyler Art School. O que chamou a atenção do atendente foi o fato de o cara não falar – o ladrão não tinha perdido a voz? Perelli prometeu comprar todos os livros de arte no semestre seguinte se o cara conseguisse manter o sujeito lá no estacionamento.

– E como é que vou fazer isso?

Ai, meu Deus, pensou Perelli. Esses moleques de hoje em dia não querem trabalhar por nada.

– Ponha-o na linha – disse.

E foi assim que Perelli encontrou o ladrão de banco que os russos não conseguiram achar. Os russos não conheciam a cidade. Havia pouco tempo que estavam ali.

Que se danem aqueles russos, pensou Perelli. Por mim, vão todos tomar no cu.

Vamos tomar uma bebidinha

— A LÔ!
Lennon ouviu.

– Você é o cara que estou procurando, não é? O ladrão do banco?
Lennon ouviu.

— Sei que não consegue responder. O cartaz diz que você é mudo. Então vou dizer o que vamos fazer. Você me escuta e então passa o telefone para o garoto aí. Caso você esteja de acordo, faça um gesto afirmativo com a cabeça e ele me dirá. Tudo bem? Caso contrário, não faça nada e ele vai me avisar.

O atendente estava de saco cheio.

Lennon ouviu. Que diabos era aquilo? Não se tratava da máfia russa. Pelo menos ele não achava que fosse a máfia russa. Os russos estariam mais enfurecidos. O cara ao telefone parecia mais tranquilo. Bem relaxado. Seria um parceiro do tira grandalhão?

— Seguinte. Vou dizer o que tenho para oferecer. Tenho o que você está procurando. É só deixar que o garoto traga aqui de carro para me ver, daí batemos um papo e então veremos o que podemos arranjar.

Lennon pensou e rapidamente decidiu que aquilo não fazia sentido. Ele procurava um Honda Prelude com $650 mil no porta-malas. Se o cara ao telefone tivesse o carro e a grana, por que estaria tentando fazer qualquer acordo? Não, ele estava oferecendo outra coisa.

— Só quero mesmo ter uma conversinha. E também lhe providenciar um tratamento médico, meus homens me informaram que você não está nada bem. Posso lhe oferecer uma taça de vinho, uma comidinha de qualidade e então você aproveita de tudo enquanto escuta o que tenho a propor. Se não gostar, pode ir embora. Estou jogando limpo com você. O que acha?

Lennon sabia que era tudo mentira, mas não tinha escolha. Encontrava-se em um estacionamento sem o Honda Prelude e sem os $650 mil. Não tinha para onde ir, com exceção da prisão, ou uma câmara de tortura da máfia russa ou então aquele duto de aço perto do rio. Ainda não era hora de fugir da cidade aos gritos. Não sem aquela grana. Havia a possibilidade remota de esse paspalhão saber alguma coisa. E devia saber de *alguma coisa*, pois sabia onde encontrar Lennon.

— Então é isso. Se estiver de acordo, pode por favor passar o telefone para o garoto?

Lennon devolveu o telefone.
O cara do outro lado não disse nada.
– Uh, não.
Mais alguma coisa.
– Não, cara, eu não carrego essa merda.
E mais alguma coisa.
– Mace, cara. É isso. Eu tenho esse spray imobilizador aqui chamado Mace.

Deus do céu, pensou Lennon. Como, de uma hora para outra, seu futuro nada promissor tinha ido parar nas mãos de um gângster da Filadélfia ao telefone e de um retardado? Não que os dois fossem assim tão diferentes entre si.

Lennon deu uma cutucada no ombro do cara.
– Peraí – disse o cara.
Lennon levantou a camisa do Colégio Father Judge.
– Ai, caralho – esbravejou o cara. – O cara tá com um trabuco. Sério. Tipo... ai, meu saco. Que diabos o senhor quer que eu... Peraí. Ele quer ir. Então a gente vai. Até daqui a pouco. Peraí, peraí, peraí. Onde é mesmo que o senhor mora?

A festa "Power 100"

OUVIU-SE UMA BATIDA. WILCOXSON nem começou a se levantar, Fieuchevsky já estava de pé atendendo à porta. Era Katie. Ela percebeu um ar de surpresa ao ver Fieuchevsky, ainda mais quando o russo deu-lhe um murro na cara. O corpo de Katie chocou-se contra a parede e então foi deslizando para o lado até pousar no carpete. Fieuchevsky fechou a porta e então agarrou Katie pelos punhos e a arrastou para a sala de estar.

– Minha Nossa, Evsei. O que você está fazendo?
– Esta vaca me porrou com uma pistola na minha própria casa. Isto é pra ela sentir como é.

— Você não pode fazer isso.

Fieuchevsky olhou bem para Wilcoxson.

— É mesmo?

— Ela está grávida — explicou Wilcoxson. — Pode perder o bebê com uma queda dessas.

Até parece que Wilcoxson se importava com aquilo.

— Quero mais é que ela se foda. Ela me porrou com uma pistola. E o marido matou meu filho. Tá achando que eu me importo com o bebê dela?

— Ela não é casada. Além disso, não é ela que você quer. Você quer o Lennon.

— Quero que as famílias dos dois morram.

Diabo de russo maluco. Wilcoxson olhou para Katie, esparramada em seu carpete, com o nariz jorrando sangue. Mesmo inconsciente, ela era bonita.

Wilcoxson se apaixonou por ela no mesmo dia em que os dois foram apresentados por Lennon. Lennon a apresentou como sua "irmã", mas Wilcoxson não era nenhum idiota. Conhecera vários ladrões durante os anos, que o apresentaram a muitas "irmãs".

Ele nunca conhecera alguém como Katie, embora preferisse mulheres mais altas. Seu sorriso acalmava-lhe o espírito. Seu cabelo, um castanho-avermelhado sujo, muito diferente dos fios loiros de que ele desfrutara por tantos anos. E seu corpo carecia das proporções e medidas que geralmente despertava-lhe o desejo — começando fino, alargando-se, afinando-se novamente e, enfim, alargando-se ainda mais. Entretanto, Katie parecia-lhe perfeita.

Desde o início, aquilo tudo tinha sido por Katie. Wilcoxson fora o mentor de Lennon — passara a considerá-lo como um filho ou coisa parecida — embora ele jamais tivesse desejado ser pai e ainda não queria. Além disso, tinha sido bacana poder contar com alguém para quem pôde se gabar de alguns servicinhos que ele fizera na vida. Lennon era um excelente aluno e adorava ouvir. O que mais ele podia fazer? Wilcoxson o recomendara a alguns grupos, e o cara se saíra muito bem como motorista.

Entretanto, desde o dia em que Lennon levou Katie para conhecer Wilcoxson, tudo mudou. Ele sabia que seria apenas uma questão de tempo até que ele a tirasse das mãos de Lennon. Lennon estava ganhando bem, mas não tinha muito a oferecer a Katie. Não se comparado ao que Wilcoxson roubara durante os anos. Ele poderia dar a vida que ela merecia. E, com toda franqueza, Wilcoxson merecia uma mulher mais jovem como Katie. Já estava farto de tantas aventuras, paqueras e dramas. Queria agora sossegar-se com Katie. Ou pelo menos tentar.

Algumas semanas antes, Katie ligara para ele. Confiara nele. Perguntou-lhe o que Lennon iria pensar. Ela não queria lhe contar de imediato; ele estava no meio de todo o planejamento para realizar o serviço na Filadélfia, e não era de seu feitio incomodá-lo enquanto ele queimava neurônios, organizando algum servicinho. Wilcoxson a convidou para jantar, e os dois tiveram uma conversa muito amistosa; Katie confiou em Wilcoxson como uma filha confiaria no pai. (Seu pai verdadeiro, um assaltante medíocre, fora assassinado em um tiroteio em 1978.)

Entretanto, por mais que Wilcoxson adorasse a total confiança de Katie, ele ficou decepcionado.

Um filho.

Um filho a amarraria a Lennon, pelo menos no futuro previsível. Naquela noite, ele decidiu que Lennon tinha de ser eliminado.

Mais ou menos na mesma época, Wilcoxson conhecera um jovem músico ambicioso chamado Mikal Fieuchevsky, que por acaso era filho de um *vor* da máfia russa. Foi em uma festa do prêmio "Power 100" em dezembro, realizada por uma revista local, e Mikal o procurara para falar sobre como levantar verbas. (Todos os bambambãs da cidade sabiam que Wilcoxson era um "consultor financeiro" razoavelmente bem-sucedido.) Mikal estava tentando concluir seu primeiro álbum, e embora o pai tivesse entrado com uma grana, não tinha sido o suficiente para realizar o projeto da forma que Mikal desejava. Mikal queria produtores de nome, equipamentos de gravação de última geração e músicos extras. Era isso o que ele queria comunicar, foi o que ele mesmo disse, com os olhos arregalados. Não queria mais saber daquela história de tocar em bares de quinta categoria nem em hoteizinhos meia-boca; ele ia estourar nas paradas como Springsteen ou Bon Jovi, só que com um som mais moderno. Blues, hip-hop, eletrônica, ele foi dizendo, com Wilcoxson fingindo prestar toda a atenção do mundo. Ele não era chegado à música.

Mais tarde, porém, quando Katie o procurou e o problema de Lennon veio à tona, ele se lembrou de que Mikal precisava de grana e então estabeleceu ali uma conexão.

Era o que Wilcoxson fazia de melhor. Estabelecer conexões. Sempre acreditara que o talento de um sujeito era mensurado pelas conexões que conseguia estabelecer, fosse em termos de informações, pessoas ou ativos financeiros.

Wilcoxson resolveu passar aquele servicinho do Lennon para Mikal.

Durante as conversas telefônicas na semana seguinte, Wilcoxson conseguiu arrancar de Katie pequenos detalhes, que foram o suficiente para compreender todo o plano do roubo. Um pequeno artigo publicado no *Philadephia Inquirer* era o que faltava para confirmar tudo – uma considerável quantia em espécie seria despachada na filial do Banco Wachovia, na esquina da Dezessete com a Market em março. A partir daí Wilcoxson conseguiu unir as peças e concluir com exatidão o que Lennon planejava fazer. (Afinal de contas, Lennon aprendera com ele.) Wilcoxson também deixou um dos comparsas de Lennon informado. Não havia muitos profissionais sérios trabalhando na Filadélfia. Ele procurou o candidato mais provável, e esse candidato topou trair os comparsas.

Wilcoxson mandou Mikal dizer aos colegas onde deveriam se encontrar, e bum! Ficariam mais ricos, faturando $650 mil. Deduzindo-se, obviamente, a taxa de $65 mil que cabia a Wilcoxson. Mikal, mais do que feliz, aceitou as condições do acordo, que incluía a remoção dos ladrões de banco da superfície terrestre.

Patrick Selway Lennon saía de cena.

Entrava Wilcoxson, o bom samaritano que daria uma força emocional. Ele não teria o menor problema com o bebê, se fosse para ficar com Katie. Mas se fosse para a criança desaparecer assim como o pai, melhor ainda.

Wilcoxson ficou olhando para ela no chão, sangrando.

Agora precisava acalmar o russo maluco. Ele não dava a mínima para o fato de Mikal ter virado presunto – poxa, o cara não cumpriu com sua parte no trato. O jovem russo deixara um dos ladrões viver, e, caso tivesse sido Lennon, haveria mais trabalho a ser feito.

Além disso, havia $650 mil em algum canto, esperando que alguém os regatasse.

Tarde de sábado

Olhe aqui as nossas credenciais.
— HARRY PIERPONT, MEMBRO DA
GANGUE DILLINGER, MOSTRANDO UMA
ARMA A UM CARCEREIRO.

Sinta o cheiro das rosas

Ray Perelli estava todo cheio de si. Bastaram apenas um boatozinho aqui e uma conversinha telefônica acolá para que o ladrão de banco estivesse a caminho para encontrar-se com *ele*. Os otários russos estavam lhe procurando por toda a cidade, e nada. Perelli o tinha pego. Ou o pegaria, em questão de minutos.

Agora, que diabos faria com ele?

Perelli dissera ao ladrão: "Tenho o que você está procurando." Ele sabia que o cara devia estar procurando alguma coisa. Do contrário, ele já teria dado o fora da cidade há muito tempo. Seria o dinheiro de um outro roubo? Estariam os russos à sua procura por causa disso? Não. Não podia ser. Um ladrão esperto não ficaria na área por isso, ficaria? Quais seriam as chances de se resgatar uma grana dos comunistas? Alguma outra coisa. Vamos, Ray, vamos matar esta charada.

Após noventa segundos de reflexão profunda, Perelli resolveu dar um telefonema.

– Alô?

– Alô? É o Evsei? – Perelli não pronunciou o nome corretamente.

– Quem está falando?

– Ray Perelli.

– Quem?

Perelli sentiu vontade de dizer: *Ah, vá se foder, seu pote de vodca ambulante! Russo escroto!* Mas aquele telefonema servia para sondar informações. Os insultos não o levariam a lugar nenhum.

— A gente se encontrou pra tomar um café agora de manhã.
— Ah, sim, Sr. Perelli. Queira me desculpar. Ando com a cabeça cheia depois do que aconteceu com meu filho.
— Imagina, não tem problema. Entendo o que está passando.
— O que deseja?
— Acho que tenho alguém que você está procurando.
— O que disse?
— Aquele ladrão do banco. Um dos meus homens o pegou. Eu o verei logo, logo.

Silêncio.

— Que ótima notícia, Sr. Perelli. Você não tem ideia de como fico feliz com isso.
— Pois é, é ótimo mesmo. Só que tem um problema: vou precisar de uma coisinha de nada.
— Ahhhh, sei... – disse o russo. – Dinheiro.
— Não – respondeu Perelli, ofendido pela segunda vez naquela manhã. – Só preciso de algumas informações. É que eu consegui fazer com que esse cara viesse aqui sob uma falsa promessa. Disse-lhe que tinha algo que ele queria. Só que não sei o que ele quer. Será que você pode me dizer?

O russo deu um risinho.

— Oh, eu tenho algo que ele quer.
— O que é?
— A namorada dele, que está grávida. Diga ao ladrão que estou com uma arma apontada para a barriga da namorada dele.

Jesus, misericórdia, pensou Perelli. Esses comunistas desgraçados não brincam em serviço.

— Acho que isso vai funcionar – ele disse baixinho. – Mas como posso provar isso para ele?
— Hummmmmm... espere aí um instante.

Perelli esperou. Recusara a grana, mas só temporariamente. Sim, aquilo ia acabar num acordo financeiro. Ele queria ver até onde o otário russo iria, qual seria o valor mais alto que ele daria à cabeça do assassino de seu filho. Perelli sabia muito bem que não seriam $650 mil.

– Tudo bem, eu tenho algo. Se o ladrão não acreditar em você, diga-lhe "Sinta o cheiro das rosas".

– Como é que é?!

– Ele vai entender. É uma espécie de código entre ele e a namorada.

– Como você sabe disso?

– Tenho uma fonte de informação aqui.

Estranho. Mas Evsei não tinha motivo algum para mentir. Aquilo serviria para Perelli usar.

– Ótimo. E já que tocou no assunto, quanto está custando a cabeça desse cara?

– Podemos discutir isso mais tarde.

– Tá. Bem, sabe, eu já queria deixar tudo certinho, determinado.

– Quando eu vir o ladrão, você será generosamente recompensado.

Generosamente. Que diabos ele queria dizer com "generosamente"? Será que ele daria mais uma pequena contribuição de $650?

Ladrilhos brancos, lavagem fácil

SAUGHERTY SEGUIU LENNON E O CARA do estacionamento por toda a rua Broad, enfiando-se pela zona sul da Filadélfia. Saugherty percebeu que Lennon tinha sacado uma arma – a mesma Glock 19 que ele lhe dera naquela manhã – e apontado para o atendente do estacionamento antes de entrarem no carro. Seu palpite era que Lennon permaneceu apontando para o garoto durante todo o trajeto. Apesar disso, o moleque obedeceu a todas as leis de trânsito, o que era impressionante, dadas as circunstâncias.

Reduziram e pararam na esquina da rua Nove com a Catherine, próximo a um restaurante centenário chamado Dominick's Little Italy. Saugherty conhecia muito bem o lugar. Além da fama que tinha como ponto de encontro do submundo do crime nos anos

1960 e como cenário de terríveis confrontos entre criminosos nos anos 1980, Dominick's também servia maravilhosos pratos italianos. Quando completou cinco anos de casado, Saugherty levou a esposa para comemorar no Dominick's. Ele se deliciara apontando para as mesas, identificando os mandachuvas do crime organizado, os *"capos"*, e os aspirantes ao cargo. Sua esposa não conseguiu se divertir, de tão nervosa que ficou. "Quer fazer o favor de parar de apontar?", ela pedira, bem baixinho.

A lembrança do Dominick's Little Italy que ele guardara mais vividamente: todos os ladrilhos e azulejos brancos. Estavam por todos os cantos – no chão, nas paredes... talvez até no teto, pelo que conseguia se lembrar. Ladrilhos brancos, contornados por azulejos pretos. O salão principal parecia um banheiro escolar bem grande, desses com chuveiros. Na época, Saugherty brincou, dizendo que os ladrilhos brancos facilitavam a faxina, na hora em que era preciso jogar uma água para lavar o sangue após os confrontos. Sua ex-esposa não achou aquela piada nada engraçada.

O que estaria Lennon fazendo ali? Estaria obrigando o atendente a comprar-lhe uma porção de raviólis?

Havia um barzinho, uma espelunca, diagonalmente oposto ao Dominick's. Saugherty estacionou o carro. Sentiu-se aliviado ao se dar conta de que se tratava de um daqueles bares das antigas, que ele adorava – sem aqueles cardápios cheios de frescura, nada de karaokê, nem cervejas artesanais. As paredes todas revestidas em madeira e dois barris de chope. Porta-copos era o que havia de mais sofisticado no local. O chão de ladrilhos brancos. O teto de zinco pintado, todo em detalhes. Os banquinhos tinham assentos macios, cobertos por uma capa de vinil, e havia amendoins em tigelas plásticas pretas no balcão. E o melhor de tudo: um janelão todo gorduroso, parcialmente escurecido por uma veneziana dos anos 1950, que oferecia a Saugherty uma vista frontal e lateral do Dominick's. Ele veria quando Lennon saísse.

Só restava então uma coisa a ser feita: pedir algo para beber.

Saugherty pediu um submarino – uma dose de uísque mergulhada numa caneca de cerveja. O barman não perguntou que marca de uísque ou que tipo de cerveja. Saugherty gostou disso. O copo desceu e bateu no fundo da caneca, fazendo um "baque" abafado, feito dois submarinos se tocando embaixo d'água. Saugherty bebeu tudo em um gole e então pediu uma dose de Jack Daniel's e outra cerveja. Jack e cerveja. Sua bebida preferida dez anos antes, quando seu casamento entrou em crise. Ele terminava seu turno, ia direto para a Taverna Ashton que ficava no início da estrada próxima à sua casa em Colony.

A mesma casa que agora ardia em chamas.

Saugherty ergueu o copo e aproveitou a viagem de volta ao passado pelo túnel do tempo. De vez em quando, olhava para o outro lado da rua para ver o que estava acontecendo no Dominick's.

Duas armas

LENNON FOI CONDUZIDO PELO RESTAURANTE, cruzando o corredor, passando pela cozinha até o escritório nos fundos. Um sujeito corpulento vestindo uma impecável camisa branca de botão estava sentado atrás de uma mesa vazia. Não era naquela mesa que ele costumava trabalhar. Tinha simplesmente tomado-a emprestada.

– Você é o Lennon. Já sei só de olhar pra sua cara. Rapaz, você está péssimo. Senta aí. Quer beber alguma coisa? Tem um papel e uma caneta ali. Escreva o que deseja.

O atendente do estacionamento saiu sem dar um pio.

Lennon se sentou, mas não pegou o papel com a caneta. Esperou.

– Pode pedir. Sério. O que você quiser. O bar aqui tem de tudo.

Ele pegou a caneta e o bloco de anotações. Rabiscou algumas palavras e então virou para mostrar ao seu anfitrião: O DINHEIRO?

O cara sorriu.

– Vou logo lhe dizendo: seu dinheiro não está comigo. Por acaso dei a entender que a grana estava comigo? Acho que não.

De alguma forma, aquilo era um alívio. Os $650 mil ainda estavam lá em algum lugar. Lennon rabiscou mais um pouco. E virou o papel.

ÁGUA GELADA. PEITO DE FRANGO.

— É isso aí, rapaz. Coma alguma coisa. Desculpa dizer, mas presumo que você não ande por aí assim, feito um mendigo fedorento.

O cara pegou um telefone, apertou três teclas e disse:

— Dá uma passada aqui.

Então passou o pedido de Lennon para um adolescente de avental branco. O cara especificou que deveria ser um peito de frango bem grande e em seguida voltou-se para Lennon.

— Sabe, no Natal passado minha filha me deu um livro de presente. Como era mesmo o título? Alguma coisa do tipo *Os heróis fora da lei dos anos 1930*. O livro menciona uns caras como Dillinger, Baby Face, Pretty Boy, os Barkers, Al Karpis, todos eles. Gostei da palavra "heróis" no título. Já viu esse livro?

Lennon já tinha visto. Adorava ler sobre história e relatos de crimes — foi assim que passara o inverno. Colocando a leitura em dia: romance policial e uma pilha de romances de ficção científica. (Katie também gostava de SciFi — Dick, Bester, Sturgeon —, então viviam trocando livros alucinadamente.) *Heróis fora da lei* era razoável; nada de especial. Lembrava-se de ter dado uma lida nele em uma tarde de dezembro, quando estava sem o que fazer. A maior parte do conteúdo ali era plágio de outras histórias.

Lennon não escreveu nada no bloco. Preferiu escutar. Mais cedo ou mais tarde, o cara chegaria onde queria.

— Tudo bem. Talvez você não leia muito. É um cara ocupado. Vamos ao que interessa. A máfia russa sequestrou sua namorada. Estão lá no Intes Studios, no finzinho da avenida Delaware. Suíte 117.

Lennon olhou bem para ele. Namorada?

— Tô vendo pela sua expressão que você não está levando fé. Bem, mandaram-me lhe dizer para sentir o cheiro das rosas. Faz algum sentido pra você? É uma prova.

Que droga.

Esses cretinos estavam com a Katie.

"Sinta o cheiro das rosas" era uma das piadas que faziam intimamente anos antes. Em um Natal, Lennon estava em uma das casas de uma amiga de Katie para uma festa de fim de ano, onde havia um sujeito grandalhão. Um tal de Joe. Joe era meio idiota. Treinador físico da Flórida. Viu Lennon parado em um canto e decidiu tirá-lo daquele silêncio todo. (Na verdade, Lennon estava pensando no plano de fuga, imaginando os detalhes e tudo mais. Ele sempre fazia o possível para conseguir pensar no meio de muita gente, enquanto não fosse notado por ninguém.) Após algumas tentativas constrangedoras de puxar papo, o cara agarrou o ombro de Lennon e o sacudiu.

– Ah, cara, sai dessa! Se abra pra a vida! Você tem que sentir o cheiro das rosas, irmãozinho!

Desde então, lembravam-se do tal "sentir o cheiro das rosas" durante inúmeras conversas. Tornou-se uma espécie de sinônimo de "pessoas que não compreendiam a vida". Passaram a usar o termo referindo-se a qualquer um que os amolasse.

Aquilo significava, portanto, que Katie estava na Filadélfia. E com alguns associados do homem atrás daquela mesa. Ela estava lá a contragosto, ou talvez não. Aquilo ainda não fazia sentido.

Embora nas últimas vinte e quatro horas nada fizesse sentido.

O cara abriu uma gaveta de onde retirou um revólver. Um três-oitão preto com cabo emborrachado. Abriu a câmara, colocou-o sobre a mesa e então o arrastou para que Lennon o pegasse. Seguiu-se uma caixa de balas.

– Estão esperando que eu leve você até lá. Mas acho que você consegue chegar sozinho, certo?

Lennon pegou a arma e as balas, aguardando-o concluir a piada. Não podia ser só aquilo.

– Beba sua água gelada, coma seu frango e então vá fazer o que tem de fazer. Quando terminar, sinta-se à vontade para voltar aqui. Talvez eu tenha outra coisa para você.

Lennon pôs a arma e a caixa de balas no colo e então rabiscou uma pergunta.

SUA PROPOSTA?
O cara leu e soltou um risinho de deboche.
– Não. Não tenho proposta nenhuma. Mudei de ideia.
Lennon se levantou, segurando a arma e a caixa nas mãos.
– Não vai esperar a refeição? Não, acho que eu não esperaria. Seguinte: vou pedir para guardarem seu prato. Volte mais tarde. Traga sua mulher. Vamos jantar. Então poderemos conversar. Talvez haja algumas oportunidades profissionais para você aqui na Filadélfia.
Lennon saiu da sala, mas ainda ouviu o cara falando lá atrás.
– Olha só, melhor usar a entrada dos fundos. Meu funcionário disse que alguém veio seguindo vocês desde o estacionamento.

Modo de preservação

Por quase trinta minutos, Wilcoxson sapateou feito um filho da puta. Não, Evsei. Não mate a moça. Matá-la não vai adiantar de nada. Não, Evsei, confie em mim. Coloque-a em minha cama. Melhor usá-la como isca e Lennon só vai fisgar se ela estiver viva. Quem você quer é o Lennon, está lembrado? O cara que matou seu filho. A única forma de fazê-lo sair do esconderijo é usando a namoradinha, o que só funcionará se ela estiver viva.

Evsei, o louco escroto, queria pegar uma faca e fazer picadinho de Katie bem ali no apartamento, e depois jogar os dois corpos na frente de Lennon antes de pendurá-lo em um gancho de carne. Um reencontro normal de familiares. O russo adorava uma carnificina. Não era à toa que Mikal estava tão afoito para agir sozinho.

Wilcoxson precisava de Katie viva. Era a única coisa que importava. Precisava também descobrir um jeito de fazer com que Evsei se vingasse de Lennon – que já tinha morrido mesmo, só se esquecera de se deitar – e libertasse os dois – ele e Katie – daquela situação. E então lhes permitisse tirar umas férias prolongadas, sem terem de viver tensos, checando a todo instante se não estavam sendo seguidos ou coisa parecida. Ao contrário da patética máfia italiana, a máfia russa tinha tentáculos.

Entretanto, Wilcoxson também precisava reaver aqueles $650 mil. Fieuchevsky desconhecia completamente os planos do filho em roubar os ladrões de banco; na verdade, ele ainda aguardava uma explicação da razão de o filho estar envolvido com ladrões.

Então Wilcoxson mandou uma letra.

— Dei alguns telefonemas — disse ao russo. — Seu filho não estava envolvido no roubo ao banco.

Fieuchevsky fechou os olhos e apertou os lábios.

— Ele foi abordado por um dos ladrões, esse Patrick Lennon, de quem recebeu uma oferta de investimento. Lennon precisava de capital para patrocinar o próximo serviço, e seu filho deu $10 mil a ele. Em troca, seu filho ficou com a promessa de receber seis vezes e meia esse valor: $65 mil.

— Mas eu dei dinheiro a ele.

— É importante lembrar que seu filho, Mikal, entrou nessa como uma oportunidade de negócio, sem saber que estava lidando com um ladrão de banco.

— Para que ele precisava desse dinheiro?

— Seu filho é a vítima nessa história, não se esqueça disso.

— Será que eu não lhe dei o suficiente?

— Evsei, me ouça. Você não gostaria de matar esse ladrão e ainda de quebra meter a mão numa grana preta?

O Russo Louco então deu uma parada. Escutou com toda atenção o plano de Wilcoxson, com riqueza de detalhes.

Para a surpresa de Wilcoxson, ele fez que sim com a cabeça.

— Ótimo — disse Wilcoxson. — Espere aí que eu vou pegar o gravador.

Flagrante

N O TERCEIRO SUBMARINO, O MUNDO começou a fazer mais sentido. Sim, sua casa estava em chamas... queimada... acabada... mas e daí? Por isso Deus criou o seguro. Saugherty observava o Dominick's, procurando seu garoto, o ladrão. Mais cedo ou mais tarde, ele tinha de sair pela porta. Mais cedo ou mais tarde, ele teria de ir atrás de seus $650 mil. Mais cedo ou mais tarde, Saugherty conseguiria concluir o trabalho que começara no final da noite anterior.

Alguém deu-lhe um tapinha no ombro.

– Aí, meu irmão, o que você tanto olha ali?

Saugherty se virou para o sujeito parado à sua direita. O homem era grande e pálido, usava óculos enormes com aro de tartaruga e tinha um bigode preto bem cheio.

Saugherty abriu a boca para falar, mas não teve a chance de responder à pergunta. Um soco amassou-lhe o nariz e outro acertou-lhe a nuca enquanto ele deslizava do banquinho. Saugherty levantou a mão como protesto, mas alguém o agarrou pelo punho e então quebrou-lhe o antebraço em dois.

Depois disso, ele perdeu a conta dos murros e dos pontapés que levou.

Assassinato ao sol

O DEPÓSITO CONVERTIDO PARECIA DESERTO – tudo escuro lá dentro, sem nenhum carro no pequeno estacionamento à esquerda. Mas Lennon sabia que o lugar devia estar infestado de russos. Sobretudo após os acontecimentos naquela manhã. Provavelmente estavam em fila, esperando para se revezar. Irmãos, amigos e pais russos. Armados. Facas. Talvez houvesse serras elétricas e até cães raivosos.

E Katie.

Como a encontraram tão rapidamente? Ou ainda, como a ligaram a ele tão rapidamente? Praticamente ninguém conhecia a família de Lennon. Bling conhecia, mas estava morto. Os russos acionaram rapidamente a rede de conhecimentos. Ou então Katie, de um jeito ou de outro, ficara sabendo que tinha dado algo errado com o plano e de alguma forma concluíra que os russos estavam por trás de tudo e decidira se vingar, e agora aquilo. Só que nada era certo. Havia muitas dúvidas.

Outra possibilidade perturbadora, obviamente, era que Katie participasse de todo aquele esquema e estivesse usando a si mesma como isca para que Lennon mostrasse a cara e fosse morto.

Nenhuma das possibilidades era agradável.

Desagradável ainda era o fato de que o gângster italiano dera-lhe uma arma e mandara matar um bando de russos. Provavelmente inimigos em alguma disputa territorial na Filadélfia. Lennon não queria se meter naquela furada.

Agora, ali parado sob o sol escaldante que assava a avenida Delaware, estava Lennon, com essas ideias na cabeça... e duas armas carregadas. Se aquilo fosse um *thriller* de ação, Lennon pensou que seria um exímio arrombador e saberia invadir praticamente qualquer prédio. Mas Lennon não era arrombador, e sim um motorista de fuga. O estúdio era enorme, e provavelmente tinha mais de dez entradas laterais, mas Lennon não fazia a menor ideia de como entrar por qualquer uma delas. Não conhecia nenhuma estratégia de ataque no estilo do Vietnã.

Lennon pressionou o pescoço com dois dedos.

Ah, que se dane, pensou.

Apertou a campainha próxima à plaquinha que dizia INTES STUDIOS.

Atenderam o interfone.

– Pois não?

– Aí – disse Lennon, forjando um sotaque da Filadélfia –, estamos com seu cara aqui fora.

– Ah, sim. Pode trazê-lo, por favor. Final do corredor, à direita.

Ouviu-se um bipe bem forte e então um mecanismo de trava se abriu.

Então vamos lá.

Lennon seguiu as placas, passando pelo saguão, seguindo um corredor estreito, dobrando à direita duas vezes. As portas marcadas

INTES já estavam abertas, escoradas com calços de madeira. No interior, uma sala de espera seguida por um estúdio de gravação.

Lennon levava as duas armas em punho e já estava pronto para atirar por todos os lados. Só não estava pronto para o que o aguardava lá dentro do estúdio.

Havia somente um cara, dentro de uma cabine de gravação, toda em vidro. Um homem alto e moreno, com cabelo grisalho, penteado para trás com gel, apontando uma metralhadora para Lennon.

Após um rápido zumbido de estática, uma voz saiu pelos alto-falantes.

– Olá, Sr. Lennon.

Não era o cara da cabine de vidro. A voz era distorcida. Seu dono não estava em nenhum lugar visível.

Mesmo assim, Lennon apontou as armas para o homem à sua frente, embora fosse muito difícil acertar um tiro passando pelo vidro. Aqueles russos provavelmente planejaram assim. Suas chances de acertá-lo eram mínimas, com todo aquele vidro estraçalhado desviando suas balas da trajetória. E muito antes disso, o homem conseguiria facilmente apertar o gatilho e alvejar Lennon com uma explosão em cone. Sem contar que provavelmente havia outros atiradores escondidos pelo estúdio, mirando diretamente nele. Seria a verdadeira farra do boi. Lennon era o boi.

– *Trabalhamos para Evsei Fieuchevsky. O filho dele, Mikal, está desaparecido. Você foi uma das últimas pessoas a vê-lo.*

Aquela voz. Mesmo com a distorção, Lennon percebeu muito bem que não era um russo falando. A pronúncia era muito clara. Além disso, havia ali uma familiaridade até incômoda. Lennon não reconheceu o tom, mas a seleção vocabular do cara. Estava difícil de identificar o dono da voz.

– *Sr. Fieuchevsky está com sua namorada em outro lugar. Ele quer muito ter o filho de volta.*

Lennon correu os olhos pelo estúdio, procurando um espelho. O cara da voz o observava, só esperando sua reação.

– *Antes de discutirmos os termos, Sr. Fieuchevsky gostaria de tocar algo para você. Uma canção de amor.*

Como é que é?
Ouviu-se um clique, seguido de um chiado nos alto-falantes e então um homem tossindo.

– OK – disse a voz, presumivelmente gravada. – "Vida", tomada cinco.

Algumas notas de guitarra seguidas por um silêncio, imediatamente seguido por um dedilhado bem alto em marcha quase fúnebre. Um acorde em menor. Depois de dois acordes com pestana, um baixo distorcido e uma bateria eletrônica abafada. Então a linha de voz:

> Vejo o que está escrito na parede
> Quando ouço seus passos cruzando o corredor
> Você já concluiu tudo que começou?
> Sinto minha vida se desfazendo

A música continuou, mas abaixaram o volume, para que ficasse só no fundo.

– Esta música, "Vida desfeita" foi composta e gravada por Mikal Fieuchevsky, que também fez o vocal. Era uma das muitas faixas do álbum que ele vinha gravando nas últimas semanas.

A música continuou sob a voz do cara, quase como se um segmento bizarro de palavras faladas tivesse se juntado no meio da gravação.

– *Sabe, Sr. Lennon, Mikal é mais do que o filho deste homem. É o futuro do rock. Acho melhor você rezar para que ele esteja vivo e bem.*

Lennon olhou para o russo parado na cabine de vidro. Considerando-se aquela bosta de música, provavelmente seria melhor que o moleque continuasse desaparecido.

O preço para sobreviver

EVSEI FIZERA QUESTÃO DE TOCAR AQUELA porcaria de música composta pelo filho. Wilcoxson tentara explicar que Lennon não daria a mínima para aquilo, e que Evsei não deveria se desviar do plano e mostrar logo suas exigências.

Só que o Russo Louco não deu o braço a torcer. Enviara um de seus homens para o Intes Studios de manhã logo cedo para pegar as gravações digitais inconclusas, e passara um tempo em casa, ouvindo às faixas ainda sem masterização, chorando, bebendo Stoli e ouvindo novamente alguns trechos das faixas. Dizia "Este era meu filho. Aquele ladrão escutará o que ele destruiu". Evsei tentara tocar algumas canções para Wilcoxson, mas ele se recusara, insistindo que seria melhor manter-se dentro do cronograma, se não corriam o risco de perder Lennon.

Que se dane.

– *Vamos ao que interessa* – disse Wilcoxson de uma cabine de controle equipada com um monitor de vídeo monitorando a sala de espera e o estúdio. – *Ontem você cometeu um certo crime que resultou na troca de $650 mil. Para poupar sua namorada, você trará esse dinheiro aqui e o entregará ao Sr. Fieuchevsky.*

Wilcoxson observava atentamente o rosto de Lennon no monitor. Ele não reagiu, mas sabia que, no fundo, o cara devia estar com a cabeça a mil. Wilcoxson estava louco para fazê-lo se contorcer. Apenas uma vez. Queria fazê-lo abrir a boca. Suplicar. Implorar.

Só que Lennon limitou-se a olhá-los atentamente.

Wilcoxson soltou o ar dos pulmões, e recomeçou a falar.

– *Sr. Lennon, você não sabe...*

Hora do charuto

– ... DO ESTADO EM QUE SUA NAMORADA SE ENCONTRA, SABE?

Estado. Hmmm.

– *Deixamos uma coisinha para você aí no sofá. Vamos lá. Dê uma olhada.*

Lennon abaixou vagarosamente a pistola esquerda e olhou. Tinha uma vara branca de plástico sobre um travesseiro. Tomando o cuidado de manter a mão direita na mira do russo – por mais inútil que fosse o gesto –, Lennon enfiou a outra pistola na cintura e caminhou até o sofá bem devagar. Pegou o objeto. Parecia uma capa de termômetro, com uma aberturazinha plástica. O espaço dentro da abertura era branco com uma tira azul bem fina que passava no meio.

– Olha, é muito difícil conseguir arranjar uma amostra de urina a pulso. Tivemos de acordá-la novamente, forçá-la a colaborar e deixá-la inconsciente mais uma vez para a nossa própria segurança. Clorofórmio é uma desgraça, um horror mesmo. Indigesto.

Lennon olhou bem para a linha azul e finalmente a ficha caiu.

– Não faz bem ao bebê.

Lennon se deu conta de que tinha feito papel de bobo.

Isso explicava aquela segredada toda, as mudanças de humor. É claro. Ela não queria distraí-lo do plano do roubo. Katie era assim. Sempre deixava para tratar de qualquer coisa importante depois de um serviço. Lennon foi unindo as peças e conseguiu formar outras conexões. Por isso ela fizera questão de ir para um lugar agradável – um resort –, embora tivessem gasto todo o dinheiro durante o inverno. Ela desejara que o dia fosse especial. Uma união perfeita de grana, uma bela vista, um céu ensolarado, uma novidade para contar.

Grávida.

Mas quem...?

Lennon sentiu o local se estremecer.

Três para se contorcer

WILCOXSON VIU: O MÚSCULO DA FACE de Lennon se repuxou. Seus joelhos pareciam até curvar-se por um instante. Ele conseguira irritá-lo. Conseguira acertá-lo no espaço formado pelas fibras de seu colete de proteção, sua couraça. Lennon ia fazer qualquer coisa que ele, Wilcoxson, quisesse. O resto era o de menos.

— Então ouça bem o que vou tocar aqui, Sr. Lennon. Ouça a mamãe.

Wilcoxson apertou o PLAY e a fita que ele preparara com antecedência começou a rolar.

— Patrick, sou eu. Hoje é sábado, 30 de março. São 11:43 da manhã. Estou aqui na Filadélfia, ao contrário do que a gente tinha planejado. Eu voltei. Os caras me disseram que você está vivo e que vai trazer o que eles querem, se não vão me matar. Foi isso que eles me mandaram dizer. Vão me soltar ilesa se você fizer o que estão mandando. — Seguiu-se uma pausa; ouviu-se um murmúrio. — Até breve.

Wilcoxson apertou o STOP e então olhou para Lennon na tela. O coitado esforçava-se, tentava manter seus sentimentos por Katie fora da jogada. Afinal, Wilcoxson lhe ensinara anos antes que o segredo de qualquer roubo bem-sucedido era excluir a falha humana da equação. Isso significava tirar a humanidade da equação. Fome, tesão, raiva e alegria não tinham lugar em um roubo a um banco. Alguém mandou chumbo num parceiro seu, aquele cara com quem você roubava desde a quinta série? Deixe para lá. Chore depois; agora o momento é de fugir.

Mas falar era fácil; colocar em prática eram outros quinhentos. Wilcoxson estava certo de que Lennon só conseguia pensar em Katie e no que ela podia estar passando. Russos filhos da puta, dopando a mulher e forçando-a a urinar em um pote. Passando-lhe aquelas mãos nojentas. Amarrando-a. Tirando-lhe as roupas. Talvez debochando. Sim, Wilcoxson tinha certeza de que aquilo estava matando Lennon de ódio. Se estivesse em seu lugar, ele se sentiria da mesma forma.

— Quero que você largue essas armas.

E Lennon as abaixou na hora. O homem estava com uma expressão estranha, distante, como se a única forma de controlar as emoções fosse se desligando completamente da realidade.

— Solte as armas. Deixe-as no chão.

Ele obedeceu, feito um zumbi.

— Isso, muito bem. Você está no caminho certo para salvar as vidas de sua namorada e de seu filho. Ah, e antes que eu me esqueça, meus parabéns. Agora Sr. Fieuchevsky quer lhe dar uma palavrinha antes de você partir para pegar o dinheiro.

O russo não precisou de nenhum outro estímulo. Saiu da cabine, segurando uma espingarda, com um sorriso perverso, feito um doberman mostrando os dentes.

Wilcoxson teve de assistir àquilo cuidadosamente. Fieuchevsky insistira em algo, *qualquer coisa*, para acalmar a fúria que sentia. Passaram 15 minutos no apartamento de Wilcoxson na Rittenhouse Square, decidindo a intensidade do castigo que infligiriam a Lennon naquela tarde. O russo queria carta branca; contanto que o ladrão conseguisse andar, ele poderia resgatar o dinheiro. Wilcoxson discordou veemente. Não se pode desmoralizá-lo de imediato. É preciso dar-lhe um mínimo de esperança, conseguir o que se deseja e então esmagá-lo feito um inseto. Guarde um pouco para mais tarde, Evsei, ele pedira. Você terá sua chance.

As negociações chegaram aos detalhes mais específicos: depois de uma discussão acirrada, Wilcoxson finalmente cedeu e aceitou que o russo desse três golpes em Lennon com o cabo da espingarda. Não podia ser na cabeça, no peito nem na virilha. Então deixaria Lennon ir pegar o dinheiro.

Pessoalmente, Wilcoxson achava que a dor interna – a dúvida quanto ao que podia estar acontecendo com Katie naquela tarde – já era um castigo de bom tamanho. Mas o russo pensava diferente.

E então, Fieuchevsky jogou todas as negociações pelo ralo. Desferiu o primeiro golpe com o cabo da espingarda bem no rosto do ladrão. A cabeça de Lennon virou-se para o outro lado, soltando um estalo, e um jato de um fluido vermelho esguichou de sua boca. Ele cambaleou para trás, agitando as mãos para fora, tentando encontrar algo onde pudesse se segurar e se apoiar.

Deus do céu, esse russo era um cretino filho da mãe.

Segundo golpe: bem no peito, enquanto Lennon se recuperava do primeiro. Um empuxo de uma britadeira nas costelas e na caixa que protege o coração. Santo Deus. Lennon não estava em condições de revidar. Se revidasse, a coisa poderia ficar preta para o lado de Katie.

Wilcoxson já até sabia onde seria o terceiro golpe. É claro. Na virilha. Agora Lennon estava no chão, agarrando-se ao carpete, provavelmente tentando encontrar uma forma de sair do estúdio. Era melhor que rezasse para que Katie não perdesse o bebê; pelo jeito, Lennon não teria muita facilidade em reproduzir no futuro. Não depois de uma porrada assim.

Wilcoxson precisou intervir quando pareceu que Fieuchevsky fosse dar um quarto, um quinto e talvez até um sétimo golpe. Apertou o botão do microfone e disse:

— Pode ir agora, Sr. Lennon. Salve a vida de sua família. Volte aqui amanhã. Ao meio-dia.

Fieuchevsky ficou ali parado, segurando a espingarda para cima com as duas mãos, todo confuso. Então lembrou-se e baixou a arma. Sua expressão era de profunda decepção.

Lennon saiu do estúdio se arrastando.

Wilcoxson desligou o microfone e respirou. Talvez aquilo funcionasse.

— Minha Nossa! — exclamou Holden Richards, levantando-se atrás da divisória. — Deus queira que eu nunca me encontre do outro lado dessa arma.

Anatomia de uma traição

Fazia uma hora que Holden estava escondido ali atrás daquela divisória maldita, esperando Lennon dar as caras. Era muito desconfortável, e a batida de carro no dia anterior deixara-o com uma dor dos diabos no pescoço e nas costas.

No dia anterior.

Quinze minutos depois do serviço no Wachovia.

Wilcoxson dissera: "Vai ser moleza. Os russos vão parar a van na frente de vocês, vão rodeá-los, encapuzá-los, levá-los a algum lugar, meter chumbo nos outros caras e libertar você."

Nada feito! Não pararam a van coisa nenhuma.

Holden só conseguia concluir que Lennon estava indo rápido demais e os russos não tiveram tempo de sair na frente como planejaram. Então dispararam na toda e bateram direto no Subaru. Obviamente, Lennon vinha se preparando caso houvesse alguma parada súbita, mas não uma parada assim. A Forester saiu do chão, rodopiou no ar umas duas vezes, caiu de cabeça para baixo na lama molhada próxima ao rio Schuylkill, então deslizou por um tempo, tão longo que Holden chegou a pensar que acabariam no rio e que seria o fim. Mas não. O carro derrapou e parou, os russos se refizeram do susto e finalmente – finalmente – os rodearam com aquelas metralhadoras pretas, mas não importava. Lennon já tinha se contorcido, cuspido e apagado. Bling ainda estava consciente, de forma que Holden começou a dar cotoveladas em seu rosto. Sem problema. O negão ia acabar enfiado em um duto mesmo.

Verdade seja dita, Holden se sentiu meio mal com relação a Bling. Foi ele quem o apresentara a Wilcoxson e lhe recomendara. Holden não fazia ideia de que havia uma rede alternativa de sujeitos em sua profissão, espalhados pelo país. Parecia com a máfia, mas ao mesmo tempo era diferente. Eram apenas uns caras que conheciam outros caras, um recomendando o outro. Assim, Bling recomendou Holden, e os dois se encontraram com Wilcoxson para jantar uma noite na lanchonete Smith & Wollensky; Holden comeu um belíssimo Prime Rib Montana. Wilcoxson disse que ele tinha futuro. Gabou-se de ter o dom para identificar talentos.

E foi só isso. Meses se passaram e nada. Bling o usou em alguns servicinhos, nada de grande importância. Wilcoxson não o chamou para porra nenhuma.

Holden ficou irritado com isso.

Bling ficou tranquilo, mas ele nunca o chamou para um roubo de peso, daqueles para os quais Wilcoxson disse que ele estava preparado. Ele queria que Wilcoxson lhe desse algo de que ele assumisse o comando. Já não aguentava mais ficar naquele velho apartamento na zona oeste da Filadélfia. Bling já era outra história – não ficava muito tempo em casa –, o Negão se hospedava em hotéis resort.

Assim, quando Wilcoxson finalmente ligou algumas semanas antes, Holden não pensou duas vezes e aceitou.

Bling ligou no dia seguinte. Wilcoxson confiara *nele*, mas Bling não fizera o mesmo. Tá com a bola toda, meu irmão, dissera Bling. "Só não vá pisar na bola." Tá, tá, tá. Pode continuar tagarelando aí, Bling. Holden estava por dentro das verdadeiras intenções de Wilcoxson, e Bling não sabia de nada. Ele que se fodesse. Aquele era o visto de entrada para Holden. Não iria mais aturar aquela história de morar numa casa caindo aos pedaços na zona oeste da Filadélfia. Agora a onda seria usufruir do circuito de hotéis resort.

Wilcoxson lhe disse: "Holden, preciso de alguém em quem eu possa confiar." Nas entrelinhas: Bling não era de sua confiança. Tudo que Holden tinha de fazer, disse Wilcoxson, era mantê-lo a postos, e então ter um pouco de paciência depois do serviço.

Um pouco de paciência, certo. E uma porcaria de colar cervical.

Depois que os russos levaram Bling e Lennon – tiraram-lhes as roupas e colocaram seus corpos em sacos de necrotério e tudo –, Holden quis ir direto pegar o dinheiro. Sua intuição lhe dizia que era melhor pegar a grana e sair correndo. Esquecer Wilcoxson, que lhe prometera metade do dinheiro e não um terço, como prometera Bling. Metade, um terço. Por que não ficar com tudo?

Não. Era uma visão muito limitada de toda a história. Wilcoxson podia contratá-lo para comandar outras operações. $650 mil não era nada comparado ao que lhe reservava o futuro.

Depois desses eventos, os policiais vão direto aos estacionamentos. Wilcoxson explicou. É furada se aproximar do carro. Vai ficar lá. Não se preocupe. Não teve jeito: Holden se preocupou assim mesmo. Será que era assim que os profissionais agiam? Bling e Lennon não pareciam preocupados. Wilcoxson não parecia preocupado. Mas Holden estava muito incomodado em ter de deixar aquela quantia para trás, em um estacionamento, bem no meio da cidade.

Holden passou o resto da sexta-feira na dele, sem se manifestar, tentando se esquecer do carro e do dinheiro. Assistiu a alguns DVDs, comprou uns sushis para viagem, tomou um pouco de vodca

Ketel One, em homenagem aos russos que estavam lá perto do rio naquela noite, enfiando Bling e Lennon em um duto. Holden olhou em volta de seu apartamento zoneado – onde eles tinham planejado o roubo – e pensou em fazer as malas. Chegou até a começar, mas parou para tomar um pouco mais de Ketel One.

Acordou no sábado com a maior ressaca; Wilcoxson ligou. Houvera algumas "complicações".

Lennon ainda estava vivo.

– Vá pegar o carro – disse Wilcoxson. – E depois ligue para mim.

O carro significava a grana. Holden estava com um mau pressentimento. Por que diabos não lhe deram ouvidos ontem? Ele tinha dito que era vacilo deixar tanto dinheiro em um estacionamento.

Holden pegou um bonde da linha verde e foi direto para a esquina da Dezenove com a Market, então caminhou alguns quarteirões até o estacionamento. Passou por todas as fileiras, procurando. Procurou mais um pouco e então voltou para checar tudo de novo.

Nada de carro.

Nada de carro nem dinheiro.

Ligou para Wilcoxson, que estava ocupado com alguma porcaria muito esquisita, pelo que pareceu, e lhe deu a má notícia.

– Esse Lennon é um filho da puta – disse. – Aguenta firme que eu já te ligo de volta.

Vinte minutos depois, Wilcoxson ligou.

– Quero que você dê um pulo em meu apartamento. Vamos reaver nossa grana. Traga alguém de sua confiança.

Por Holden, tudo bem. Ele só não esperara ter de se agachar atrás de uma divisória acústica por quase uma hora, esperando aquele mudo desgraçado.

Finalmente, Lennon chegou e rolou um papo, com Wilcoxson falando em um microfone, com a voz modificada e o cacete. Holden ficou impressionado; Wilcoxson elaborara um plano bem rapidamente, mesmo com o russo envolvido.

– Não esquenta com a presença do russo – Wilcoxson dissera a Holden por telefone. – Cuidaremos dele ainda hoje. Ele vai se juntar ao filho.

E agora, lá se fora Lennon porta afora novamente, todo ferrado e sangrando, para recuperar os $650 mil de onde quer que ele tivesse escondido. Se quisesse ver a namorada grávida novamente, voltaria com o dinheiro no dia seguinte, às 12 horas.

Holden se levantou do esconderijo e sentiu os joelhos estalarem. O plano era esperar que o russo saísse da cabine com Wilcoxson. Então, quando Wilcoxson desse o sinal, ele deveria atirar na cabeça do russo.

– O estúdio é todo isolado acusticamente: ninguém vai ouvir nada – Wilcoxson garantira.

E então veio o russo, segurando a própria arma. O russo deu um sorriso desconcertado para Holden, que respondeu fazendo que sim com a cabeça, tomando cuidado para não mostrar nenhuma expressão facial.

– Correu tudo bem, não foi? – disse Wilcoxson, que saiu por uma portinha à direita. – Amanhã, Evsei, você terá sua vingança e receberá uma grana para amenizar a dor.

O russo assentiu. Não parecia contente com os planos. Nem um pouco. Com certeza não ficaria contente com o que Wilcoxson planejara.

Holden também não.

Por que se conformar com $325 mil? Ele já estava por dentro de toda a armação. Lennon traria o dinheiro do Wachovia no dia seguinte, em troca da mulher.

Holden atirou na cabeça do russo primeiro.

Wilcoxson pareceu surpreso – ainda não tinha dado o sinal. Mas sua surpresa maior foi quando Holden apontou-lhe a arma.

Não precisava se preocupar. O estúdio tinha isolamento acústico.

Tarde de sábado
(mais tarde)

Imagino-os indo para a cama depois desses roubos, dando altas gargalhadas, na maior diversão.
— FRANK FARLEY, PSICÓLOGO,
REFERINDO-SE A CRAIG PRITCHERT E
NOVA GUTHRIE, LADRÕES DE BANCO

A casa na Avenida Oregon

CONSIDERANDO-SE TODOS OS ASPECTOS DO trato, até que era uma barganha e tanto: uma casa de vila na zona sul da Filadélfia.

Um médico, que perdera a licença para clinicar, por conta de sua incompetência, cuidaria de seus múltiplos ferimentos.

Uma garrafa de Jameson. Uma pilha de potes com refeições congeladas e um forninho de micro-ondas.

Um pote de aspirina.

Um despertador digital de plástico.

Duas pistolas – ambas Sig Sauer calibre 38.

Seis caixas de balas.

Etiqueta de preço: $325 mil.

Lennon retornara ao restaurante Dominick's naquela tarde e fizera uma proposta por escrito: precisava de comida, abrigo e cuidados médicos. Em troca, Perelli receberia $325 mil, metade do roubo do Wachovia, assim que o total fosse recuperado. Escreveu que os russos estavam com sua namorada, e que exigiam o dinheiro do roubo do Wachovia ou então a matariam, com seu filho na barriga. Perelli era pai; Lennon achava que não seria pecado nenhum usar este trunfo para conseguir a compreensão do sujeito. Acrescentou que ele tinha um plano para resgatar o dinheiro, e ainda para enterrar os russos. Precisava apenas de tempo para se recuperar.

E pensaria sobre sua solidariedade paternal depois.

Perelli concordou.

Perelli não apenas concordou, mas ainda insistira para que Lennon colocasse um terno. Gostou da ideia de contratar os serviços de Lennon.

– Um ladrão de banco não pode andar por aí vestindo uma porcaria de camisa do Colégio Father Judge, faça-me o favor. Por acaso Kelly Metralhadora vestia uma camisa de moletom? E Johnny Dillinger?

Então, quando Perelli enviou o médico sem licença, aproveitou e mandou também um cara para tirar as medidas de Lennon. O terno ficaria pronto em duas horas, Perelli prometeu.

Lennon não estava nem aí para o terno. Sua preocupação era salvar Katie, reaver o dinheiro e dar o fora da Filadélfia. Depois pensaria naquela história do bebê. Naquele momento já tinha informação demais para digerir. Enquanto isso, ele comeu, bebeu o suficiente para amenizar a dor, descansou. Acordou quando o médico chegou e tentou não gritar quando, com a mão pesada, ele mexeu em partes sensíveis. Ouviu um estalo de língua no céu da boca, sinal de desaprovação feito pelo doutor, que logo em seguida voltou ao trabalho. A orientação foi que tomasse cuidado com a bebida. Falou, beleza. Então o médico escreveu o número de seu pager em um guardanapo azul e foi embora. Lennon bebeu mais Jameson e adormeceu novamente.

A campainha tocou. Era um garoto entregando o terno. Um Ermenegildo Zegna preto, de uma loja chamada Boyd's, que ficava na rua Chestnut. Completando, havia uma camisa social Stacy Adams azul-escuro, meias pretas com motivos de relógios azul-escuros, e um par de sapatos de fivela simples Giorgio Brutini. Perelli colocou também um par de óculos escuros – Dior Homme *by* Hedi Slimane. Os únicos itens que não saíram diretamente das páginas da GQ inglesa eram algumas cuecas da Hanes. Essa não! Eram cuecas *slip* brancas, bem cavadas. Deviam ser as preferidas de Perelli.

Lennon tomou uma chuveirada lenta e dolorosa. A expressão em seu rosto era trágica; em algumas partes, tinha um padrão de uma camisa tingida em tie-dye, com tiras pretas, roxas e azuis. Mas para ele foi uma surpresa agradável perceber que todas as roupas lhe caíram perfeitamente bem. Até as cuecas cavadas. Ele se vestiu, calçando até os Giorgio Brutinis. Carregou as Sig Sauers e então colocou uma em cada bolso do paletó. Apertou a artéria carótida com dois dedos.

Então deitou-se no colchão de solteiro no meio do quarto de casal, e fechou os olhos.

Algumas horas febris depois, Lennon abriu os olhos.

Três segundos mais tarde, o alarme disparou.

Era hora de ir.

O túmulo próximo ao rio

HOLDEN RICHARDS ENCONTROU O duto com a maior facilidade. Mikal, o garoto russo, tinha lhe contado sobre o local. Lá pelas bandas de Camden, não muito longe da ponte. Bastaram essas coordenadas para facilitar. Não havia muitas novas construções ali perto do rio – com o aquário, o Tweeter Center e o resto das baboseiras turísticas; turistas em Camden, dá para acreditar? –, mal havia espaço para uma barata macho de pau duro se enfiar.

Mas ali estavam, tentando encaixar uma outra atração turística às margens que já estavam atoladas. Um museu infantil.

Cara, imagine a surpresa da criançada ao descobrir o que o tio Holden estava despejando no duto de drenagem.

O primeiro a descer o tubo foi o russo. Estava prestes a participar de um feliz reencontro com o filho. A cabeça do russo permaneceu extraordinariamente intacta, apesar do tiro à queima-roupa. A bala penetrou-lhe a testa e explodiu enquanto saía do crânio. A parte de trás da cabeça estava uma desgraça, mas seu semblante forte e bonitão seria conservado durante anos. Ao soltar os tornozelos do russo, Holden imaginou se ele e o filho acabariam se encontrando no duto de rostos coladinhos, e o que os arqueólogos pensariam disso no futuro.

O próximo da fila: Wilcoxson. Espetacular ladrão de banco. Seu rosto não tinha dado a mesma sorte que o do russo. Holden tinha mandado chumbo bem no meio da fuça, de forma que o rosto de Wilcoxson ficou um verdadeiro horror, deixando para trás uma pasta medonha. Ele gritou por um tempo, com as pernas agitando-se como se estivesse andando de bicicleta invisível. Louvado seja Deus pelo isolamento acústico! Por fim, a fúria se foi, levando Wilcoxson consigo.

Naquela hora, Holden sentiu muita vontade de voltar e meter chumbo na vaca também, só para acabar logo com aquela palhaçada. Lennon apareceria no dia seguinte com $650 mil e então Holden o mataria. Naquele exato momento ela estava escondida na casa de Wilcoxson na Rittenhouse Square, sendo vigiada por Derek, seu primo. Wilcoxson concordara com aquele plano, mas também não parecia à vontade em deixar um outro cara ficar ali, com a criatura presa a uma pilastra com algemas. Como se ele fosse seu homem, ou algo assim. Tinha algo muito estranho ali.

Holden pensou por um instante, então concluiu que não havia nenhum motivo plausível para deixá-la viva. Pegou o celular e ligou para Derek.

Banheiro com um livro

Lisa Perelli enfiou a chave na porta da frente e foi logo sentindo uma energia estranha. Havia mais alguém ali. Teria o pai alugado o local sem avisá-la?

Claro que sim. Por que ele lhe avisaria?

Ela fora até lá para pegar as coisas de Andrew. Essa casa na avenida Oregon era uma dentre várias propriedades do seu pai. Era a que ela usara nas últimas seis semanas. Com Andrew.

Lisa odiava o quarto do alojamento do namorado – parecia uma caixa de sapatos, só que com um design interior pior. Andrew, por sua vez, odiava dormir no sofá da casa do pai de Lisa na zona sul. Ele nunca disse o motivo até que um dia, um mês e meio antes, finalmente se abriu e admitiu a verdade: ele não conseguia usar o banheiro da casa do pai dela. Não da maneira com que geralmente usava o banheiro quando se levantava de manhã. Andrew foi muito discreto e simpático, servindo-se de eufemismos – eu sou um cara regular. Preciso ler de manhã – mas Lisa sabia do que ele estava falando. O engraçado era que Lisa se parecia com ele. Por isso mesmo ela odiava dormir nos alojamentos. Ela não se sentia à vontade para se levantar, cruzar todo um corredor, passar por várias portas estranhas atrás das quais havia garotos estranhos, subir dois lances de escada e então usar o banheiro feminino comunitário. Não estava acostumada àquele tipo de coisa. Por isso nunca escolheu ficar no campus.

A única solução: a propriedade que o pai geralmente alugava na avenida Oregon, com um banheiro e meio. Um inteiro e completo no andar superior e outro pequeno no primeiro andar.

Era como brincar de casinha, só que de maneira mais confortável. Andrew deixava alguns pertences lá: um colchão inflável, uma pilha de livros, lentes de contato sobressalentes e uma caixa de papelão com cuecas, desodorante, uma escova de dentes e um tubo enorme de dentifrício. Lisa levou velas e estocou potes de Pinot Grigio na geladeira; organizou algumas de suas "inomináveis" no armário do quarto de casal.

Seu pai não sabia que eles ficavam lá; Lisa surrupiara as chaves certa noite.

As mesmas chaves que estavam em sua mão agora, ainda enfiadas na fechadura pela metade.

Lisa parou para ouvir.

Definitivamente havia alguém ali.

Ela fechou a porta e passou a chave.

Gostosinha da irmandade

A TÉ QUE KATIE NÃO SE IMPORTAVA tanto em passar o dia inteiro presa a uma pilastra com uma algema. Conseguia lidar com aquilo numa boa. Tampouco se importava com a escoriação leve em seu rosto, onde o russo lhe dera um soco. Conseguia lidar com aquilo numa boa também.

Com a insuportável vontade de fazer xixi, no entanto, ela não conseguia lidar numa boa.

Era coisa de grávida.

Katie sabia pelo menos que estava no quarto de Henry. Já estivera ali uma vez, quando ele mostrara a casa para ela e Patrick. Ela não previra que sua próxima visita ao quarto de Henry envolvesse perda de consciência, uma algema e uma pilastra, ao redor da qual seus braços estavam presos, as mãos algemadas lá atrás.

Depois de levar o soco do russo, ela acordara no sofá. O sujeito pressionava um revólver preto contra a nuca de Henry.

– Querem que você faça uma gravação – ele disse calmamente, com os olhos tentando comunicar outra coisa. – Acho melhor obedecermos e deixarmos para resolver o resto mais tarde.

Katie não discutiu. Sentira-se mal – obviamente ela levara o russo até ali e envolvera Henry naquela história. Não por um milhão de dólares. Ela estava enojada de si mesma. Ainda tinha muito o que aprender.

Michael sempre lhe dizia isso. Não de forma grosseira, mas de sua forma tipicamente fria, direta e prática. Michael era profissional. Foi o que a atraiu nele.

Katie então leu as palavras que Henry lhe deu para gravar, tentando parecer muito tranquila para acalmar Patrick. Como se nada estivesse errado. Tentou pensar em uma palavra que servisse de código, algo para avisar a Patrick de seu paradeiro, mas não conseguiu se lembrar de nada. Tudo aconteceu rápido demais.

Alguém bateu na porta. O russo obrigou Henry a atender. Eram dois jovens, brancos, fazendo de tudo para se parecer com negros. Não olharam para Henry. Ela não os conhecia, mas começou a juntar as peças. Um dos garotos era provavelmente o terceiro cara no serviço do Wachovia – além de Lennon e Bling. E esse terceiro cara tinha vendido o serviço para os russos.

O garoto mais forte a algemou a uma coluna no quarto de Henry. Henry tentou acalmá-la:

– Vai ficar tudo bem.

Logo em seguida, ele foi arrastado porta afora com o outro garoto branco e o russo. Foram encontrar Patrick. Ou ameaçá-lo. Ou matá-lo. Ou trazê-lo de volta ali, então ameaçar e matá-lo. Provavelmente era isso. Qual seria a outra razão para o russo mantê-la viva?

Quinze minutos depois, ela se deu conta de que teria de tomar uma decisão drástica para não acabar se mijando e molhando o piso Pergo do quarto de Henry.

– Oi.

Seu capturador. Era um jovem louro, de pescoço grosso, com pinta de universitário membro de alguma fraternidade, vestindo uma camisa de moletom da faculdade e calças folgadas com as barras gastas. Era o verdadeiro "Zé-Fraterna" com uma pistola pesada. Estava na cara que não era membro da máfia russa; prestava pequenos serviços. Uma escolha extremamente esquisita para um office boy.

– Tá a fim de levar uma mamada?

Ela precisou mandar mais um papinho romântico, mas o pescoçudo da fraternidade Alpha-chi acabou aceitando a proposta. Afinal de contas, ele levava uma vida em que era fácil acreditar que as mulheres não queriam nada além de cair de boca em seu pau. Só que de bobo o moleque não tinha nada. Primeiro, ele a fez prometer que não o morderia. Katie prometeu. Então ela perguntou se ele não se importava em satisfazê-la primeiro, para não ficar tão humilhante. Alpha-Chi avidamente concordou com a emenda da proposta. Pareceu melhor ainda – ela devia realmente estar com o maior tesão nele. Em algum canto da cidade deveria haver uma gostosinha, membro de alguma irmandade, muito satisfeita e doida por ele.

Ele se ajoelhou, desabotoou a calça jeans de Katie e abaixou o zíper.

– Seja bonzinho comigo – ela disse bem baixinho, quase gemendo, e o esperou levantar a cabeça para olhar para ela.

Quando ele levantou a cabeça, ela deu uma joelhada em seu pomo de Adão. Era a técnica mais eficaz de se matar um homem com uma única parte do corpo, fosse com as costas da mão, um cotovelo ou um joelho. Aprendera isso com Patrick. "Zé-Fraterna" morreu bem depressa, arranhando o piso Pergo com os dedos grossos até parar de se estrebuchar.

Só havia um problema: ela estava impossibilitada de revistá-lo e pegar a chave.

Estava impossibilitada de entrar em contato com Michael.

E ainda estava no maior desespero, louca para fazer xixi.

Ninguém atende

LENNON ROUBOU UM CARRO A ALGUNS quarteirões do cativeiro na zona sul da Filadélfia e em seguida pegou a rua Vinte, direto para o centro da cidade. As nuvens estavam baixas e o vento, frio. Quase que milagrosamente, Lennon encontrou um canto na Rittenhouse Square para estacionar. O porteiro não lhe encheu o saco depois que ele disse para onde estava indo. Lennon encostou o ouvido na porta de Wilcoxson e prestou atenção. Então bateu.

Droga.

Ninguém atendeu.

Wilcoxson era sua carta na manga – o único sujeito na Filadélfia em quem ele podia confiar. Lennon não o deixara a par dos planos de roubar o banco Wachovia com antecedência; melhor que Wilcoxson não soubesse. O velho pendurara as chuteiras havia anos. Não fazia sentido envolvê-lo em algo que pudesse dar errado e vir contra ele. Mesmo assim, Wilcoxson sempre lhe dera a maior força no passado, e não havia motivo para não procurá-lo agora. Lennon sentia-se desesperadamente só, lutando contra vários: de um lado, gângsteres russos e italianos; do outro, policiais corruptos. Não estava em sua cidade. Precisava de ajuda, de proteção. Algumas horinhas só para dar uma respirada. Conseguiria isso com Wilcoxson. De mentor para pupilo, uma última vez. Em nome dos velhos tempos.

Mas Wilcoxson não estava em casa.

Droga ao quadrado.

Lennon cruzou novamente o corredor até o elevador e desceu novamente até o saguão. Analisou atentamente o local, na esperança de ver Wilcoxson, sentando, talvez dando um beijinho de boa-noite numa socialite do Rittenhouse Square, despedindo-se e coisa e tal, tal e coisa. Lennon sempre quis ter grana apenas para viver. Wilcoxson quis ter grana para comprar uma vida melhor. O velho fora paupérrimo quando pequeno; morava no Brooklyn, de onde conseguiu sair e galgar, com unhas e dentes, outros níveis melhores durante os anos 1960. Nunca foi seu desejo voltar atrás.

Lennon sabia que não poderia se demorar muito naquele saguão. Vestia um terno italiano alinhadíssimo, mas ainda parecia ter perdido depois de lutar seis rounds contra uma máquina industrial. Não demoraria muito para que o gerente do Hotel Rittenhouse ficasse nervoso.

Droga ao cubo.

Era sempre assim. Lennon odiava pedir ajuda. Odiava do fundo de sua alma. Lennon cresceu prometendo a si mesmo que não pediria nada ao pai enquanto vivesse – seu pai achava que já deviam se contentar em ter feijão e arroz no prato e um teto quase caindo na cabeça em um bairro horroroso – e Lennon manteve-se firme em sua promessa. Até quando estava na prisão. Autoconfiança era sempre seu caminho preferido.

Só que justamente quando ele fraquejou e concluiu que pedir ajuda era o caminho mais sensato, de repente a ajuda não estava disponível. Não havia ninguém a quem recorrer. Não havia ajuda neste mundo. Qualquer infeliz tinha sempre que segurar o fardo sozinho. Podia até se cercar de parentes, entes queridos, puxa-sacos, parceiros, o diabo que fosse. Mas a verdade era uma só: todo o mundo tinha que segurar a própria barra sozinho.

Lennon saiu do saguão do hotel e foi andando em direção à rua Locust. Estava tão absorvido em seus próprios pensamentos que quase não o viu.

O morto, saindo do estacionamento.

Hora da joelhada

Aquele imbecil do Dereck. Nunca ligava o celular. Do que adiantava ter uma daquelas porcarias se ficava sempre desligada? Então, em vez de dar uma relaxada por algumas horas como prometera a si mesmo – está achando que é mole usar um duto para dar sumiço em gente morta? –, ele teve de dirigir de volta até o centro da cidade para ver como estavam as coisas com Derek e a mulherzinha de Lennon.

A princípio o porteiro olhou para ele com um ar de surpresa, recompondo-se logo em seguida. Lembrou-se de tê-lo visto pela manhã, quando Wilcoxson o chamara. De agora em diante as coisas seriam assim. Respeito instantâneo. Sobretudo com todos os $650 mil só para ele. Talvez usasse parte da grana para comprar o apartamento de Wilcoxson. Uma coisa era certa: o velho não precisaria mais do lugar.

Holden subiu pelo elevador. Abriu a porta do apartamento de Wilcoxson e gritou:

– E aí, Derr!

Nada.

Foi até o quarto e viu o primo no chão, morto. A garota ainda estava presa à pilastra, mas também parecia morta. O chão estava todo molhado, como se alguém tivesse jogado um balde d'água. Que droga era aquela?

Holden ajoelhou-se sobre Derek e checou os batimentos, pressionando-lhe o pescoço. Não que ele soubesse fazer isso direito, mas de qualquer forma o cara estava frio, portanto nem precisava recorrer a nenhum conhecimento técnico. O pescoço de Derek estava esquisito – além de frio.

Holden se virou bem a tempo.

A vaca estava gritando e enfiando-lhe um joelho na cara.

Já sei de onde te conheço

A NTES DE ASSUMIR A CHEFIA DA segurança do Rittenhouse Towers, Johnny Kotkiewicz trabalhou como policial e acabou na Divisão de Roubos e Homicídios. Ralou por vinte anos e então abandonou tudo e foi para o setor privado. Aceitou uma oferta interessante do Rittenhouse. A grana chegou em boa hora, quando ele precisava manter a filha no curso de Direito na Faculdade Villanova. Talvez um dia ela viesse a trabalhar em uma daquelas firmas bacanas no centro da cidade – Schnaeder Harrison, Soliss-Cohen – e tivesse condições de comprar um apartamento neste condomínio, em vez de trabalhar na entrada, como o pai.

Ele se orgulhava do que fizera. Mas queria dar o melhor para a filha. A mesma história paternal de sempre.

Kotkiewicz estava aqui na noite de domingo, o que era incomum. Mas aquele dia fora incomum no Rittenhouse. Um grupo de figuras incomuns tinha passado de um lado para o outro o dia inteiro. Primeiro, uma jovem ruiva, bem bonita, por volta das 7 da manhã. Ela subiu para o quarto 910, que pertencia ao Sr. Henry Wilcoxson, um consultor financeiro que trabalhava no centro da cidade. (Pelo menos era o que constava nos arquivos do departamento de segurança do Rittenhouse.) Aquilo em si não era incomum. Só que a ruiva saiu vinte minutos depois. Ainda naquela manhã, um sujeito forte, com cara de eslavo – talvez bosniano, ou quem sabe russo –, também subiu até o quarto 910. Uma hora mais tarde, a ruiva voltou e pegou o elevador direto para o quarto 910. Quase vinte minutos depois, um cara parecido com aquele branquelo que canta rap – Eminem – entrou no saguão, acompanhado por um outro branquelo mais forte ainda. Advinha para onde foram? Pois é. Quarto 910. Quarenta minutos depois, Sr. Wilcoxson, o eslavo e Eminem deixaram o prédio juntos. O fortão e a ruiva ficaram lá em cima.

Era uma variedade muito estranha de gente e comportamento, e Kotkiewicz ficava nervoso frente a grupos esquisitos. Estava acostumado com o padrão diurno dos residentes do Rittenhouse, bem como de seus visitantes, mas nunca tinha visto uma coisa dessas antes.

Deu um ou dois telefonemas e recebeu alguns faxes. Seguindo um palpite. Como sempre.

Então Kotkiewicz decidiu ficar por ali. Judy não gostou nada disso; estava louca para que Johnny voltasse para casa levando uma comidinha do Kum-Lin's; alugara *Estrada para perdição*. Aquilo também não era novidade; Kotkiewicz, como sempre, estava dividido entre o trabalho e a esposa.

À medida que a noite avançou, Kotkiewicz achou que talvez tivesse sido uma bobagem de sua parte.

Então um outro estranho entrou no saguão e foi direto para o quarto 910. O apartamento do Sr. Wilcoxson de novo. Estava claro que ele ia se juntar ao fortão e à ruiva. Mas para quê?

Passados cinco minutos, o novo estranho – um cara de cabelo castanho e olhos azuis com o rosto cheio de hematomas horrendos, os piores que Kotkiewicz já tinha visto – desceu e saiu do saguão.

Menos de um minuto se passou. E então:

Eminem deu as caras novamente. Kotkiewicz estava preparado, cumprimentou-o e então, sentado à mesa, deu uma última olhada nos registros que lhe enviaram pelo fax. Passara a tarde inteira estudando-os, tentando puxar da memória. Mas a última olhada bateu. Na mosca! Holden Richards. Suspeito de participar do roubo do banco Wachovia no dia anterior.

Então ele virou a página dos registros. Richards era um dos três caras.

Caramba. O outro estranho. Sr. Cara Quebrada.

Kotkiewicz pegou o telefone. Quando levantou a cabeça, Cara Quebrada estava voltando para o saguão.

Qualidade cirúrgica

—Aposto como você acha que estou puto pelo que aconteceu com meu primo aqui.

Ela não disse nada.

– Engana-se. Não estou, não. Nada.

– Tudo bem. Banque a durona. Eu também sei ser durão.

O branquelo – o outro branquelo daquela manhã – levantou-se e adicionou:

– Eu já volto.

Katie o observou saindo do quarto. Deu uma última olhada no entorno – será que deixara de perceber alguma coisa? Algo que a libertasse dessas algemas? Não, é claro que não. Ela procurara a tarde toda, a noite inteira. O relógio digital na cômoda de Henry estava fora de seu campo de visão. Dava até para ver a capa plástica imitando madeira, mas não via os números. Não fazia a menor ideia de que horas eram. E não fazia a menor ideia de como ia sair dessa.

Seu corpo inteiro doía; os músculos dos ombros começavam a tremer. Já nem lembrava do número de vezes que perdera o controle da bexiga.

O branquelo voltou para o quarto. Com uma faca de cozinha na mão.

Era só o que faltava.

O que Michael diria se pudesse vê-la agora?

– Sei que você está grávida e tudo mais. Wilcoxson me contou tudo. E eu estava presente quando ele contou ao seu macho. Você precisava ver a cara de surpresa dele.

Katie não olhou para Holden, mas sua cabeça estava a mil. Ficou muito chateada com a possibilidade de aquele imbecil estar dizendo a verdade. A notícia era para ser dada ao ar livre, em meio a uma brisa morna, segurando uma taça de espumante. Não aqui na Filadélfia. Não por Henry.

Por que Henry contara a Patrick sobre o bebê? Que absurdo. Será que estava tentando fazer com que o russo sentisse pena de todos eles? Usando o truque do bebê no ventre?

Ela imaginava o que Patrick devia estar pensando.

– Quer que eu lhe faça um favor? – indagou o branquelo, ajoelhando-se perto dela, segurando a ponta da faca em seu nariz. – Que tal se eu realizar um aborto aqui mesmo e resolver todos os seus problemas?

Katie olhou para o cabo da faca. Era uma Tenmijuraku, uma daquelas facas domésticas sofisticadas feitas com uma única peça de aço inoxidável cirúrgico. Henry gostava de culinária e fazia questão de ter os melhores utensílios na cozinha. O branquelo segurando a faca, entretanto, provavelmente desconhecia por completo o valor do utensílio. Tenmijuraku, Ginsu, seja lá o que fosse. O importante era que cortasse uma lata ao meio. Ou uma mulher, algemada a uma pilastra em um apartamento de luxo.

Se este branquelo se aproximar de minhas pernas com aquele troço, Katie pensou, vou dar uma bela joelhada nele. Ou pelo menos tentar.

Infelizmente, o branquelo estava pensando em fazer exatamente isso.

Ta tuirse orm

LENNON TENTOU A MAÇANETA; como já desconfiava, estava aberta. Henry. Holden. O roubo fracassado. Muitas coincidências. Tentaria compreendê-las mais tarde. Sacou uma das Sig Sauers do bolso do paletó – escondera a outra lá embaixo, no estacionamento – e foi entrando de mansinho no apartamento de Wilcoxson. Não havia ninguém na sala de estar. Escutou uma voz vindo do quarto, que ficava no final de um pequeno corredor. Foi andando de fininho pelos cantos, cautelosamente, sem se apressar. Mas, pelo visto, as únicas pessoas no apartamento estavam no quarto.

Um morto com a cara virada para o chão. Uma nuca que parecia ser de Holden Richard. E Katie, com os braços para trás, algemada a uma pilastra.

Holden segurava uma faca de carne com uma das mãos e tentava abrir a calça de Katie com a outra. A calça jeans de Katie já estava desabotoada e o zíper dourado aberto pela metade.

Lennon sentiu um alívio enorme. Katie estava viva. Melhor ainda, estava viva e não havia em sua cola nenhuma falange de gângsteres russos musculosos. Somente Holden, aquele babaca cretino.

Prestes a se tornar um ex-babaca cretino.

Katie o viu e soltou uma risadinha de deboche. Ainda não tinha perdido o jogo.

— Meu *irmão* voltou e você *está* ferrado — ela cantou baixinho.

Holden virou bruscamente a cabeça, empunhando a faca, segurando a calça jeans de Katie com a outra mão, numa pose que parecia uma encenação para um vídeo usado em terapias pós-estupro. Ficou surpreso.

— Lennon? Quem mandou você vir aqui?

Lennon respondeu mirando-lhe o rosto com a arma.

— Ele ainda não atirou só porque não quer que você me suje toda de sangue, meu querido — ironizou Katie. Agora, otário, coloque a faca no chão e vá se arrastando para trás.

Holden parecia estar avaliando a situação; a faca em sua mão se mexeu um pouco. Mas depois de se dar conta de que sua única alternativa — esfaquear a mulher e levar um tiro na cabeça — não era das melhores, ele se acalmou. Ouviu-se então uma vibração metálica quando a faca bateu no chão.

— Agora beije o chão, com a cara para baixo. Isso. Vá se arrastando bem devagarzinho. Na direção da cama. Isso mesmo. Ah, sim, antes que eu me esqueça, sabe esse negócio molhado em que você está se arrastando? É mijo. Nunca deixe uma grávida algemada a uma pilastra o dia inteiro.

Lennon viu quando Holden estremeceu.

— As chaves da algema estão no bolso do presunto — disse Katie.

— Espero.

Lennon checou os dois bolsos frontais; as chaves estavam no bolso esquerdo. Ele soltou Katie e então cuidadosamente a ajudou a ir de quatro até um ponto seco no chão, onde ela se deitou. Katie tocou-lhe a face e passou o polegar pelo seu queixo. Soltou mais uma risadinha de deboche. Lennon piscou um olho. Inclinou-se, aproximando-se do ouvido de Katie. E sussurrou:

– *Cén chaoi a bhfuil tú?*

– *Ta tuirse orm* – ela respondeu.

Lennon se fazia de mudo. Só que muita gente entendia a linguagem dos sinais. Então Lennon ensinou a Katie – que nascera em Massachusetts e não na Irlanda – um pouco de gaélico, que eles usavam em segredo ou em sinais. Ela disse que estava cansada.

Lennon se aproximou de Holden. Seu objetivo agora era relativamente simples: Holden tinha vendido o serviço no Wachovia para alguém. Lennon precisava saber para quem e onde estava o dinheiro. Ele não era muito bom na coisa pesada – até mesmo em situações bancárias –, mas, do jeito que as coisas estavam indo, Lennon não achava que fosse um bicho de sete cabeças improvisar na hora.

Algo lhe chamou a atenção. Um clarão azul muito brilhante vindo de uma janela no quarto de Wilcoxson.

– Patrick – disse Katie.

Ela também tinha visto.

Azul, então vermelho, piscando no ar lá fora.

Arrependimento na cobertura

U MA VEZ LENNON LEU UMA enciclopédia que mencionava todos que já tinham passado pela lista dos Dez Mais Procurados do FBI. Muitos eram ladrões de bancos, e Lennon pulou imediatamente para eles. Era interessante. Sempre que um ladrão de banco ia parar na lista dos dez mais, geralmente um padrão se repetia: três ou quatro caras fazem a limpa em uma série de bancos, então, no último assalto, algum policial ou cidadão é morto. Três caras se espalham e dois deles inevitavelmente são pegos dentro de 36 horas. O terceiro cara geralmente se safa.

A lição: se você conseguir passar as primeiras 36 horas, suas chances de se safar e fugir são muito boas. Obviamente, seus comparsas capturados podem dedurá-lo, de forma que é melhor não dar as caras nos lugares de costume, sobretudo onde o assalto foi planejado.

A marca das 36 horas estava rapidamente se aproximando, e ainda havia dois ladrões à solta. Lennon e Holden. A polícia estava lá fora.

Lennon decidiu não ser o ladrão que acabaria pego. Seria aquele que fugiria.

Não faziam ideia de quantos policiais os aguardavam lá fora, nem se os federais estavam envolvidos. Não tinham em mente nenhuma rota de fuga; nenhum deles conhecia muito bem o prédio.

– E o que vamos fazer com ele? – indagou Katie, apontando para a porta do quarto. Lennon tinha amordaçado e algemado Holden à pilastra. Depois trancou o quarto, deixando-o lá com o amigo morto.

Seria um desperdício matar Holden. Lennon já era responsável pelas mortes de pelo menos seis pessoas, o que excedia em seis no seu limite pessoal. Ele costumava se orgulhar da sua escolha por uma profissão criminosa sem violência.

– Deixe que o FBI venha em cima dele – sussurrou Lennon.

– Ele sabe de alguma coisa sobre o Wachovia?

– Nada importante.

– Então tudo bem.

O tempo se encurtara. Se o cara do saguão fosse minimamente esperto, saberia a porta exata pela qual deveria enviar os policiais.

– Só vou pegar minha bagagem – disse Katie. – E antes que eu me esqueça, que terno bonito esse, hein! Quase tira a atenção do seu rosto.

– Depois eu te conto – disse Lennon, ainda tomando cuidado para não falar alto. Ele não sabia se Holden conseguia ouvi-los e ainda queria que continuassem achando que ele era mudo.

Para cima ou para baixo? Katie decidiu que deveriam subir. Os federais esperariam que seus fugitivos tentassem correr para as saídas ao verem as luzes piscando. Era esse o motivo das luzes vermelhas e azuis dos carros. Havia ainda mais onze andares acima do apartamento de Wilcoxson. O que não faltava era lugar para se esconder. Isto é, se eles encontrassem algum morador a fim de cooperar.

– Qual é o plano? – perguntou Lennon.

– Primeiro, a gente bate na porta. Se ninguém atender, a gente entra. Se alguém atender, a gente mostra essa sua arma aí. Aliás, que arma bacana, hein!

– Depois eu te conto.

– Veio com o terno?

Lennon deu uma risadinha para ela.

Pararam no décimo oitavo andar. Não eram as coberturas luxuosas, mas ofereciam um bom campo de visão e lhes dariam tempo de ação. Melhor esconder alguém em um lugar maior. Daria para isolar a pessoa em um cômodo, e andar pelos outros. Respirar um pouco, planejar os próximos passos.

– Qual deles?

– Aquele ali. 1809. Será a data de meu casamento.

Lennon levantou uma das sobrancelhas.

– A data do quê?

– Depois eu te conto. Pronto?

Katie bateu na porta enquanto Lennon se escondeu, ficando contra a parede ao lado, segurando a Sig Sauer com as duas mãos. Nada. Katie olhou para Lennon e levantou uma das sobrancelhas. Lennon levantou o dedo indicador. Vamos parando com essa história.

Nada ainda.

Lennon fez que sim com a cabeça. Passou a arma para Katie, que mirou na porta, na altura do peito. Katie se afastou e Lennon se preparou para chutar.

Ouviu-se então o som de uma chave dando uma volta. A porta se abriu lentamente.

Aí vamos nós.

Katie se preparou, enrijecendo-se. Esperou aparecer um rosto. Lennon paralisou-se, interrompendo o chute no meio.

Um cara de smoking abriu a porta. Mas ele não esperou para ver quem estava lá. Virou-se sem olhar e voltou, cruzando um corredor bem cumprido. Lennon e Katie escutaram vozes distantes, conversando, um saxofone estridente, lá dentro da cobertura. Estavam dando uma festa.

Katie encolheu os ombros, pegou a bagagem e entrou.

Próximo ao corredor principal havia um banheiro, onde Katie e Lennon se trancaram.

– Posso tomar um banho? – Katie perguntou. – Sofri vários acidentes desde a tarde.

Lennon virou-se de costas e ocupou-se da bagagem.

– Quer que eu passe alguma peça de roupa, amoreco?

– Ah, pendure o Vera Wang preto aí na porta. O vapor dará conta do resto.

– Tudo bem.

Katie tomou um banho rápido. Rápido para Katie significava ultrarrápido; ela nunca levava mais que cinco minutos mesmo. Era Lennon quem geralmente se esquecia da vida quando estava sob o jato d'água. Sempre raciocinava melhor embaixo do chuveiro, entre outros locais destinados a higiene pessoal.

Ela se enxugou e olhou para Lennon.

– Cadê o dinheiro?

Lennon sentiu um alívio no coração. Ainda não queria tocar na verdade óbvia que até então ignoravam. A verdade óbvia que crescia lá dentro do útero de Katie. Lennon temia perder o foco e, de uma hora para outra, entrar numa discussão sobre quem era o autor daquela verdade, em vez de tentarem decidir como pegariam a grana e fugiriam.

– Juro como estou por fora.

– Não está com os russos, obviamente. Se estivesse, eles não teriam se dado ao trabalho de me prender e gravar aquela fita e tudo o mais. E está bem claro que também não está com o coconspirador deles, seu ex-parceiro.

Lennon passara a noite inteira tentando matar aquela charada. Se não estava com os russos nem com Holden, com quem estava a grana?

— Wilcoxson — ele disse.

— É possível, mas acho que não. Ele acabou se envolvendo porque eu trouxe os russos aqui. Sem querer. — Ela olhou para Lennon.

— Acho que pisei na bola hoje de manhã.

Lennon pensou, olhou para a barriga de Katie. Ainda não tinha crescido nada.

— Eu também pisei na bola. Nem quero te contar pelo que passei.

— Seu rosto já diz muita coisa. Assim como o terno.

— Lá vem você com o terno de novo.

— Convenhamos, é um terno e tanto. E eu aqui achando que você estivesse morto em uma vala.

— Não era uma vala. Era um duto, mas vou deixar para te contar a desgraceira outra noite. Temos três prioridades: dar o fora desse prédio, pegar a grana e sair desta cidade.

— Não quer ir conhecer o Sino da Liberdade?

— Poxa, é mesmo. Já estava esquecendo.

Investigação

LISA ACORDOU E, MAIS UMA VEZ, olhou para a camisa de moletom ensanguentada.

Estava toda enrolada, jogada em um canto, junto a uma calça social amarrotada, um par de meias e uma cueca. A cueca definitivamente não era de Andrew. Desde que começaram a namorar, Andrew sempre usara cuecas slip brancas, cavadas, da marca Fruit of the Loom. Que escroto! Cueca de velho, isso sim. Por mais forte que seja o cara, sempre que usa uma cueca dessas fica parecendo que tem uns cambitos saindo de um fralda.

Andrew odiava samba-canção. Dizia que embolavam dentro da calça jeans. Então, Lisa prontamente pegou seu cartão American Express Gold e levou Andrew ao Boscov's, no Shopping Franklin Mills, onde concordaram em levar algo menos ridículo: umas cuecas slip retas, sem aquela cava em "V" da Fruit of the Loom. Lisa proibiu qualquer coisa que se aproximasse do branco; Andrew voltou para casa com 18 cuecas, variando entre azul-marinho, preto e cinza escuro. As cuequinhas brancas cavadas foram parar no lixo.

A cueca embolada no canto era uma samba-canção xadrez azul e verde. Definitivamente Andrew não usaria uma coisa daquelas.

Então de quem era a cueca?

A camisa era cinza, com uma estampa frontal azul-marinho: Colégio Father Judge. Também não era de Andrew, que tinha estudado no Colégio Saint Joe. Ainda mais intrigantes eram as manchas de sangue, mais pretas que vermelhas e ainda úmidas (que nojo!), próximas ao ombro esquerdo. A camisa fedia.

Lisa deu mais uma olhada na etiqueta da calça social. Slates, tamanho 40. Era o número de Andrew. Andrew preferia as calças de marca. Tinha duas, que ele usava à noite, na sexta e no sábado alternadamente quando tinha apresentação. Será que aquela calça era de Andrew?

Caso fosse, por que estaria enrolada com as roupas de outra pessoa?

Hora de fugir da Gardai

As pessoas mais interessantes na festa eram o escritor de romances policiais e o chefe de detetives, ambos bêbados. Era uma festa de escritores. O anfitrião, um novo-rico, acabara de se mudar para o Rittenhouse Towers. Pelo jeito ele escrevera um livro, publicado em capa dura bem sofisticada, chamado *Barbers*, que surpreendentemente se tornara um best-seller. O livro trazia várias fotos em preto e branco de antigos barbeiros da zona sul da Filadélfia, posando com os clientes, com pequenas notas logo abaixo de cada uma delas, contando a vida de cada barbeiro em mais ou menos 175 palavras.

Por um motivo somente conhecido pelo público norte-americano, o livro estourou, rendendo calendários, agendas, cartazes, um especial no canal ABC, virando até marca de aparatos para cuidados capilares domésticos. (O que, considerando-se o trabalho dos antigos barbeiros, era um contrassenso, mas que se dane, ora bolas.) O escritor quarentão ficava sentado só olhando os caminhões da Brinks pararem e despejarem montes de dinheiro em sua sala de estar. Trocou seu apartamento fajuto de um quarto na Bella Vista por esse de cinco quartos em um dos condomínios mais prestigiados da cidade. Preparava-se agora para lançar outro da série, chamado *Bartenders*, e decidira ostentar para o resto de seus amigos escritores, muitos dos quais tentavam sobreviver com trabalhos que lhes rendiam $25 mil ao ano – isso quando davam sorte – em um dos dois semanários concorrentes.

Lennon captou isso tudo depois de passar 20 minutos escutando a conversa dos biriteiros. A única coisa que reinava ali além da cachaçada era a inveja. Aliás, inveja era o que não faltava naquele condomínio.

– Já pensou? O cara recebe uma grana preta só pelos direitos em um calendário – disse um cara com um blazer surrado e uma calça jeans novinha.

– Maior falcatrua – respondeu Lennon, caprichando no próprio sotaque. Tomou um gole de sua Sprite.

– Como é mesmo o seu nome?

– Meu nome? Donal. Donal Stark.

Donald Westlake era um dos escritores de romances policiais preferidos de Lennon, que, no entanto, preferia seu pseudônimo, Richard Stark.

– Se não se importa que eu pergunte, o que houve com você?
– Acidente de carro. Meu rosto levou a pior.
– Deve estar tudo dolorido.
– Sabe, depois de tomar uns desses gorós, até que a dor passa.
– Este sotaque... você é do Condado de Galway? – o cara perguntou, tentando passar a impressão de que era culto.
– Na verdade, sou de Listowel.
Condado de Galway? Não fode!
– Isso. Foi o que pensei. Você deve ser novo na Welcomat.
Lennon fez que sim.
– Ah, sou.
– Estou na *City Press* há dois anos. Os caras insistem em me usar apenas para conferir listas de restaurantes. Sabe, se eu tivesse me formado cinco anos antes, as "ponto com" estariam fazendo fila pra chupar meu pau.
– É... a coisa está preta.

Apesar do sotaque, Lennon tentou ser o mais chato que pôde, para que seu novo amigo fosse puxar conversa com outra pessoa. Alguém com ovários, presumivelmente. O número de mulheres naquela festa era simplesmente ínfimo.

E por falar nisso.

Lennon foi ver como estava Katie.

Katie havia, logo de imediato, localizado o jovem bêbado na cozinha e teve uma ideia. Ela se aproximara, toda simpática, ajudou-o a colocar gelo no copo – os danadinhos dos cubos escorregadios pareciam fugir, deslizando para todos os lados. Então ela viu uma garrafa de Johnnie Walker Black, meio que escondida no fundo de um armário, onde o anfitrião presumira que os convidados não se atrevessem a bisbilhotar. O rapaz tinha cara de garoto, cabelo preto encaracolado e feições delicadas, vestia um terno amarrotado de algodão encrespado; não tirava os olhos dos seios de Katie, passando então para os quadris, os olhos, pensando o tempo todo que fosse bem esperto, olhando para os seios dela sem que ninguém percebesse. Chamava-se Will.

– O que você faz? – ele perguntou.

– Vou fazer você mais tarde – Katie sussurrou, colocando mais Johnnie Walker no copo dele.

– Não, eu quis dizer, o que você faz prof... – Ele não concluiu a frase. – O que você disse?

Que saco. Isso ia durar a noite toda.

O plano: encontrar um cretino bêbado, embriagá-lo mais ainda, e então, junto com Lennon, sair do prédio, levando-o pendurado nos ombros de ambos. Os policiais estavam à procura de um ou dois bandidos, não de um trio.

O plano se complicou um pouco mais quando Lennon ouviu alguém perguntar:

– Aí, chefe, que luzes são essas lá fora?

Essa não.

– Parece que temos uns ladrões de banco foragidos no prédio – explicou o chefe.

Não dava para acreditar naquela droga. Não dava nem para acreditar na porcaria do resto do fim de semana de Lennon. Essa droga não acontecia com profissionais – um prato cheio para aqueles livros do tipo *Os criminosos mais burros da América*.

– O que foi que disse?

– Alguém aí chame o Will. Temos uma matéria pra coluna dele, bem aqui.

– Sim – continuou o chefe. – Recebi um telefonema vinte minutos atrás, um de nossos policiais aposentados trabalha na parte de segurança lá embaixo. Ele acha que viu dois dos caras acusados do 211 no Wachovia ontem.

– Acusados do quê? – alguém perguntou.

Não dava para acreditar mesmo.

– É um código policial para roubo de banco, Ben.

– Will, venha aqui, cara!

Will.

Will era o bêbado que Katie estava tentando embriagar mais ainda. O passaporte para a fuga do casal. Escrevia uma coluna policial.

— O que os ladrões levaram?
— O próprio presidente do banco me disse que levaram $650 mil. Provavelmente o maior roubo dos últimos tempos por aqui. Mas vocês não ouviram isso de mim.
— Caramba. É quase o que Feldman pagou por esta cobertura.
Rolaram alguns risinhos de nervoso.
— Porra nenhuma! Você sabe quanto custa para se morar em um condomínio como o Rittenhouse? Não acompanha a revista *Metropolitan* não, cara? Seria preciso dois serviços desse do Wachovia para comprar um lugarzinho como este.

Lennon se aproximou de Katie, o bastante para sussurrar uma palavra.

Gardai.

Polícia.

Fugitivo ou prisioneiro

N INGUÉM OS VIU SAIR — A FESTA tomava quase toda a cobertura, sobretudo depois que espalharam a notícia de que a gangue de John Dillinger estava à solta pelo prédio. Não encontraram nenhum problema para descer de elevador também. Policiais uniformizados estavam por todos os lados, mas ninguém deu atenção a um homem com um terno tão elegante e caro e a uma mulher com um vestido Vera Wang.

Entretanto, um dos tiras pediu para ver a identidade do sujeito entre os dois, pendurado em seus ombros. Sim, ele. O que estava inconsciente.

— Encontramos esse *rapaz* no elevador — explicou Katie apertando os olhos. — Eu não sabia que em nosso prédio davam festas de fraternidade de vez em quando.

— Como ele se chama?

— Como se chama? Seu guarda, eu nem sei dizer qual a cor dos olhos dele... o cara está apagado.

Will estava apagado porque depois que Katie o atraiu para o corredor, Lennon socara-lhe a cabeça duas vezes.

— Tudo bem, minha senhora, acalme-se.

— Minha nossa, o que aconteceu com seu rosto? — indagou o outro policial, que olhava para Lennon.

Lennon o ignorou.

— Sarkissian, cheque a identidade do rapaz.

Um dos tiras enfiou a mão no bolso traseiro de Will, de onde retirou uma carteira. Assim que a abriu, ele fez cara feia e sussurrou:

— Droga, você não vai acreditar.

— O que foi agora?

— Este rapaz é Will Issenberg.

— O cara da coluna policial? O babaca que escreveu sobre Murph...

O primeiro policial — Sarkissian — voltou-se para Lennon e Katie.

— Minha senhora, nos desculpe pelo inconveniente. Pode deixar que cuidaremos do Sr. Issenberg. Só preciso que por favor identifiquem-se com o Sr. Kotkiewicz na recepção antes de irem, tudo bem?

Sr. Kotkiewicz na recepção era um sujeito simpático, já com seus cinquenta e poucos anos.

— Queiram desculpar por toda esta confusão — ele disse, passando um pedaço de papel e uma caneta para eles. — Só preciso que vocês indiquem seus nomes e o número de apartamento neste livro de registros.

— O terrorismo está mesmo tomando conta deste estado, não é? — indagou Katie.

— Também vou precisar que vocês coloquem as mãos abertas no balcão e afastem as pernas.

Sr. Kotkiewicz estava apontando uma pistola para eles.

— Mas o que significa isso? — perguntou Katie, colocando a mão sob o paletó de Lennon para pegar a Sig Sauer.

— Agora! — gritou Kotkiewicz, recuando. — Mãos no balcão.

O saguão inteiro — cerca de seis policiais e seis civis — sobressaltou-se. Alguns sacaram suas armas e as destravaram. Um policial correu para trás de Katie com a mão no coldre.

Mas ele foi lento demais.

Katie se virou e enfiou-lhe a Sig Sauer no queixo. Ele pareceu mais resignado do que surpreso.

— Vamos dar o fora daqui — disse Katie. — Vocês nos deixarão ir na boa e então o libertaremos.

Ao dizer a última frase, Katie apertou a arma contra o refém.

— Nada disso — protestou Kotkiewicz. — Vocês não vão a lugar nenhum.

— Acho que este homem aqui discordaria de você.

Lennon tentou processar tudo de uma vez. As variáveis, as possíveis consequências. Katie fizera a coisa certa. Se Lennon tivesse pego a arma, Kotkiewicz teria atirado primeiro. Entretanto, pegar outro policial como refém tinha piorado um pouco as coisas. Não se podia negar, entretanto, que foi um passo estratégico inteligente. Katie era boa nisso — em planejar —, só que em um nível mais abstrato. Jamais assim no momento. Ela nunca participara efetivamente de nenhum serviço. Nunca se envolvera em nenhum crime. Jamais. Os dois tiveram infâncias bem diferentes.

Cinco segundos e ela já estava enfrentando as duas únicas consequências: fugir ou ir para a cadeia.

A irmã dele. Que esperava seu sobrinho ou sobrinha.

Ai, cacete, esquece isso, Lennon pensou. O mundo estava cheio de problemas, mas só conseguiriam tentar resolver um de cada vez. Tinham de resolver aquele, ali.

Sair pela porta não era o problema. Os policiais sabiam recuar em uma situação envolvendo reféns — ou pelo menos, esperar por uma oportunidade. Bem, Lennon não lhes daria uma chance sequer, nem em sonho. Ele foi caminhando atrás de Katie, deu a volta com o braço e pegou a arma do policial refém. Os dois homens fizeram um sanduíche de Katie, um na frente, o outro atrás. Moveram-se lentamente em direção à entrada.

Eram portas giratórias.

Que merda.

Teria de se mover para o lado e chutar a porcaria da porta de saída.

— Não se mexa, Patrick — ordenou Kotkiewicz.

O filho da mãe sabia seu nome.

Provavelmente o identificou pela ficha quando estava a caminho do prédio.

Pense. *Resolva*.

Só preciso de um carro, pensou Lennon. Esse negócio de assalto à mão armada não é a minha praia, assim como venda de drogas, fugas de bancos ou de dutos; não sou chegado a essa história de reféns, nenhuma dessas merdas. Sou bom mesmo ao volante. Se eu conseguir colocar Katie dentro de um carro e pegar a direção, temos uma chance.

O carro estava do outro lado do quarteirão.

O cara da coluna policial

WILL ISSENBERG NÃO ESTAVA completamente inconsciente. O choque o colocara em um estado levemente vegetativo. Com a primeira pancada na cabeça, tudo ficou meio dormente, como se fosse tudo um sonho, o que o lembrou da primeira vez em que fumou maconha. Seu Q.I. imediatamente perdeu pelo menos 25 pontos. E então, com o segundo golpe, outros 25.

Porém, ele não chegou a perder a consciência.

Assim sendo, ele ouviu e sentiu tudo, e ficou repetindo mentalmente: não se esqueça do que está rolando. Isso vai ser ótimo para a coluna. Grave o que estão dizendo e como estão dizendo. Quem fez o quê e quando.

Quem, o quê, quando, onde, por quê. O básico.

Ia ser ótimo. Só não pode apagar; vá gravando.

O único problema foi o seguinte: deitado ali no carpete nos momentos após a troca de tiros, Will não conseguia se lembrar de um detalhe importantíssimo:

Quem atirou primeiro?

Quando começou o tiroteio, Will abriu os olhos. Ele viu tudo. Só não conseguiu compreender bem a ação. No momento, todo o salão foi tomado pelo barulho de balas, por estalos e vidro se estraçalhando, imediatamente seguido por gritos e um único gemido. Quem atirou em quem? Em que ordem? Quem foi atingido primeiro? Quando a janela se espatifou?

Explosões.
Balas.
Fumaça.
Gritos.
Armas.

Você fica tentando entender que diabos aconteceu.

Os únicos fatos concretos nos quais Will podia confiar eram os resultados finais, que era tudo que ele sempre tinha quando escrevia suas matérias para a *City Press*. Não adiantava muito ser repórter e estar presente na cena do crime. Foi aí que Will se deu conta de que talvez ele estivesse errado todos aqueles anos. Talvez ele não adorasse tanto reportar crimes. Talvez gostasse mesmo dos resultados finais, compilados direitinho nos registros policiais ou nos autos processuais. Esses sim eram concretos, compreensíveis, seguros, distantes. Um escritor conseguiria ocupar-se de coisas assim.

Reportagem ao vivo, direto da cena do crime? Besteira. Schroedinger e seu gato morto tinham razão. Não há como se observar algo sem modificá-lo.

Foi nisso que Will Issenberg pensou, enquanto sua respiração falhava e ele começava a perder consciência para valer.

Livres

— A CALME-SE, QUERIDA. Não pare de respirar.
Estavam temporariamente parados em um sinal fechado pelas bandas do sudoeste da Filadélfia. Lennon estava com a mão

esquerda no volante do carro roubado; com a direita, segurava a barriga de Katie, pressionando-a com um pedaço de tecido que ele rasgara do terno.

Manhã de domingo

Estou usando seu dinheiro para contratar sua morte e de sua família. Legal, né?
— GEORGE "METRALHADORA" KELLY

Relaxando com o jornal

SAUGHERTY LEU O QUE FOI PUBLICADO sobre ele na manhã de domingo, logo depois que seus ex-colegas do Distrito Policial da Filadélfia apareceram pela terceira vez para ouvir sua história.
Você sabe a história. Aquela da casa sendo invadida e incendiada por negros e pelo seu ex-chefe, Tenente Earl Mothers; morreram todos no incêndio, deixando Saugherty vivo para perseguir outro gângster negro na zona sul da Filadélfia, onde ele foi brutalmente atacado por – está anotando tudo aí? – um pela-saco do que restou da máfia italiana e foi largado cheio de fraturas, sangrando em um beco atrás de um restaurante.

Três costelas fraturadas, punho quebrado, o rosto cheio de vasos sanguíneos, dois dedos luxados, contusões internas, e com gasolina da cabeça aos pés. Saugherty achou que a gasolina não tivesse fundamento. Achava que fosse apenas para assustá-lo. Como se as fraturas já não fossem por si só assustadoras.

Na terceira visita, Saugherty foi se dando conta de que era o principal suspeito na misteriosa morte do Tenente Earl Mothers. O Departamento de Auditoria Interna estava, naturalmente, trabalhando direto no caso. Suspeitavam que alguma transação moralmente dúbia tivesse dado errado. Mothers não tinha uma ficha que se pudesse chamar de limpa. O mesmo pode-se dizer de Saugherty.

Curiosamente, esse não foi o primeiro artigo que chamou a atenção de Saugherty naquela manhã de domingo.

O que lhe chamou a atenção foi outro: "Ex-policial e Repórter Morrem em Troca de Tiros com Ladrões."

A princípio, Saugherty quase pulou a matéria, mas a palavra ladrão o incomodou. Leu rapidamente o primeiro parágrafo e o nome praticamente saltou da página e deu-lhe um soco na cara.

Patrick Selway Lennon.

E "uma cúmplice não identificada".

Saugherty não acreditou no que estava lendo. Os policiais conseguiram de alguma forma encurralar dois dos ladrões do Wachovia – Lennon e o tal malandro chamado Holden Richards – no Rittenhouse Towers, um dos condomínios mais sofisticados da Filadélfia. A polícia encontrou Richards em um dos apartamentos, algemado a uma pilastra.

Entretanto, Lennon e sua misteriosa cúmplice invadiram uma festa, então tentaram sair de mansinho com um dos convidados, um jornalistazinho que reportava crimes, chamado Will Issenberg. Um ex-policial, um tal de Johnny Kotkiewicz, identificou e tentou prender Lennon, mas a tal cúmplice fez um outro policial de refém e tentou sair pela porta. Foi quando então começou o tiroteio.

Lennon foi o primeiro a disparar, segundo o jornal.

Issenberg acabou morrendo, depois que uma bala, disparada pelas costas, acertou-lhe um pulmão. Kotkiewicz levou um tiro na garganta, e morreu no local. Nenhum outro policial ou civil ficou ferido.

A polícia acreditava que Lennon, ou sua cúmplice, ou possivelmente ambos se feriram ao fugir em uma viatura. Os policiais que foram ao encalço dos bandidos os perderam ao saírem da Rittenhouse Square, enfiando-se pela zona oeste.

O terceiro suspeito do caso Wachovia, Harrison Crosby, ainda encontrava-se à solta.

Saugherty abaixou o jornal, e pela primeira vez depois de muitas horas, foi tomado por uma espécie de esperança. O tipo de esperança que fez com que o ovo aguado e a salsicha insossa que lhe serviram no hospital parecessem comestíveis.

O dinheiro ainda estava em algum lugar.

Caso contrário, Lennon não estaria passando por tudo isso. Richards obviamente não sabia do paradeiro da grana, pois o branquelo burro estava agora no xadrez. O tal do Crosby devia estar com o dinheiro, mas mesmo assim provavelmente ainda estava na cidade, pois Lennon ainda permanecia na área.

E o dinheiro ainda estava na cidade.

Saugherty concluiu que talvez, então, valesse a pena sair da cama.

O armário e o colchão

A PORTA BATEU. LISA ACORDOU sobressaltada no armário. Tinha alguém ali. Provavelmente o médico que chamaram algumas horas antes.

Nossa, já não era sem tempo.

Lisa ouvira tudo.

Ela dormira no colchão na noite anterior quando eles voltaram de madrugada, o cara misterioso e sua namorada. Lisa pensou que fosse confrontar apenas ele, perguntar que diabos estava fazendo ali, mas não foi bem assim. Além disso, os dois pareciam feridos, conclusão a qual ela chegou assim que os ouviu gemer e ofegar.

Quando Lisa os ouviu subir as escadas acarpetadas, fazendo com que o piso de madeira rangesse com o peso, ela recobrou a consciência, arrastou-se pelo chão e se trancou no armário.

Os dois entraram no quarto exatamente quando ela estava fechando a porta do armário.

– Devagar – alguém disse. Era o cara misterioso.

– Vou ficar bem – disse a companheira. – Onde você está ferido?

– Deixa isso pra lá. Espere... tem um colchão aqui no chão. Deite-se nele bem devagar. Continue fazendo pressão na barriga.

– Só está escoriado.

– Vai bancar a médica agora? Deite-se.

– Fique tranquilo. O bebê está bem. Dá pra sentir.

– Não estou preocupado com o bebê.

Lisa abriu um pedacinho da porta do armário. O quarto estava escuro, mas ela viu o vulto de um homem deitando uma mulher no colchão.

Concluiu que fossem amantes – além do fato de a mulher pelo jeito estar grávida – por causa do jeito íntimo com que um discordava do outro. Nenhum dos dois queria admitir que estava ferido, e ambos queriam cuidar um do outro. Só que o cara misterioso parecia estar no controle, pois tinha o número de um médico escrito em um guardanapo. Isso mudou quando Lisa ouviu que a mulher era quem tinha o celular, e fez questão de ligar.

– Ele não te conhece – protestou o cara.

– E quem é ele, afinal de contas?

– Ele veio com a casa.

– E de onde veio a casa?

Ao ouvir o cara misterioso contar o resumo da história, Lisa quase chutou a parede dentro do armário.

O cara misterioso não mencionou nomes, mas disse que um cavalheiro italiano concordara em deixá-lo usar a casa em troca da metade do "lucro". A casa veio com as armas, as roupas e um médico sem licença para cuidar dos ferimentos.

– Peraí... você precisou de um médico antes?

– Mais ou menos.

– Como assim, mais ou menos?

– Fomos emboscados durante a fuga; tiraram nossas roupas e nos colocaram em sacos de necrotério. Acordei na hora em que dois manés tentavam me enfiar em um duto perto do rio. Depois levei um tiro. Mas já estou bem melhor.

– Você levou um tiro? Foram os russos?

– Não. Mas os manés... um deles era russo. O outro era um universitário. Americano.

– Ainda estão por aí? Virão atrás da gente?

– Não – o cara respondeu baixinho.

Lisa ligou uma coisa à outra. Um russo. Um universitário.

Mikal. E Andrew.

Por isso que ela quase chutou a parede.

— Deixe que eu ligo para o médico. Vamos pedir para ele nos examinar. E então vamos dar o fora desta cidade. Precisamos nos reorganizar.

— Precisamos conversar — disse a mulher. — Tenho muito o que explicar.

Não havia maior tortura do que as horas que Lisa passou ali dentro do armário, presa, mordendo-se de raiva. O homem que matara seu namorado estava bem ali perto. E para piorar, seu próprio pai era parceiro desse criminoso. Seu pai emprestara a casa para eles! E fornecera-lhes armas. E roupas. E um médico.

Lisa ficou irada ao escutar o telefonema. Conhecia o médico para quem estavam ligando. Era Dr. Bartholomew Dovaz, seu próprio pediatra. Ela crescera com medo do Dr. Dovaz — tinha horror à maneira com que ele atendia, enfiando agulhas quando o paciente ainda não estava preparado —, até que a esposa dele adoeceu, e ele passou a se drogar. Lisa achava que sua família tinha rompido relações com Dr. Dovaz depois que ele foi preso em Lower Merion em 1993, mas pelo visto seu pai mantivera contato com o sujeito.

Seu pai o tinha por perto para ocasiões especiais. Como por exemplo, para quando precisasse cuidar de assassinos que ele estivesse acobertando.

Se tivesse qualquer tipo de arma, Lisa teria saltado de dentro do armário e a usado. Várias vezes. Uma arma. Um taco de beisebol. Uma faca. Uma serra elétrica. Uma pistola de pregos de ar comprimido. E então confrontaria o pai mais tarde.

Mas ela não tinha nada, e não fazia ideia de qual era a daqueles caras. Eram bandidos profissionais e muito provavelmente estavam armados. O que fazia sentido. Estavam falando de ferimentos a bala. De nada adiantaria saltar do armário e levar um tiro na cabeça.

Lisa resolveu esperar o Dr. Dovaz chegar, e então pensaria no que fazer. Teria tempo para fugir, correr para casa e falar com o pai.

Ficou repetindo coisas para si mesma, de forma que pudesse lembrar-se depois. Eram importantes.

Fuga.

Os caras os despiram e colocaram em sacos de necrotério.

Um duto perto do rio.

Instantes depois, Lisa adormeceu.

Eu mereço

SAUGHERTY SENTIU-SE TERRIVELMENTE maltrapilho para ir ao Rittenhouse Towers numa manhã de domingo. Tinha vestido o que conseguira descolar. As roupas que ele usara no dia anterior estavam rasgadas e ensanguentadas; sua casa – e seu lamentável guarda-roupa lá dentro – tinha provavelmente virado cinzas. Só lhe restava uma opção. Algum vestiário médico. Saugherty estava acostumado a entrar e sair de hospitais devido à sua experiência como policial e conhecia muito bem o Hospital da Pensilvânia. Sabia como era o pronto-socorro. Sabia onde ficava o vestiário e tinha plena consciência de que ninguém prestava atenção a qualquer um que entrasse ou saísse daquela área.

Em um dos armários, ele encontrou uma calça cáqui e um casaco preto de gola rulê, ótima falsificação de Eddie Bauer. Não trocou os sapatos, mas roubou um blazer preto meio velho e gasto de um outro armário. Será que esses médicos ganhavam tão mal assim?

O Rittenhouse Towers ficava apenas a doze quarteirões, mas com um braço quebrado, algumas costelas fraturadas, dores e desconfortos por tudo quanto era parte do corpo, Saugherty preferiu pegar um táxi.

Foi moleza entrar no condomínio; o chefe de segurança, Al Buchan, era seu conhecido dos tempos em que trabalhava na Décima Quinta. Saugherty passou o maior papo, inventando que fazia um trabalho autônomo, prestando uma consultoria sobre roubos de bancos para o Tenente Earl Mothers; Al caiu direitinho sem reclamar. Deixou Saugherty subir até o 910, onde dois policiais disseram que era boa ideia checar o 1.809, onde eles passaram um tempo escondidos.

"Eles" = Patrick Selway Lennon e uma parceira não identificada.

Saugherty obteve todas as informações possíveis com os caras na cena; testemunhas oculares não serviam muito quando se precisava saber de nomes. A descrição também não era lá grande coisa. "A mulher é uma brasa de tesuda", um cara dissera, descrevendo a tal parceira. "Só que é fria feito uma pedra de gelo." Ah, sim, valeu. Ajudou muito. Saugherty fuçou o apartamento, espantando-se com os eletrodomésticos e utensílios. O proprietário, uma cara chamado Feldman, tinha até um conjunto de facas Tenmijurakus no balcão da cozinha. Coisa fina.

O efeito dos remédios que lhe deram no hospital para aliviar as dores estava passando. Saugherty achou o armário apropriado, apropriou-se da garrafa apropriada e trancou-se em um lavabo, próximo à entrada. Nada de mais – só uma garrafa de Johnnie Walker. Mas, ao fechar a porta, Saugherty percebeu que tirara a sorte grande. Era uma garrafa de Johnnie Walker Blue. Ele nunca provara; só tinha lido a respeito em livros e volumes mofados de fábulas greco-romanas. Saugherty considerou aquela surpresa como bom sinal. Com $650 mil ele ia poder tomar J.W. Blue com muita frequência.

Abriu a tampa e encostou o nariz para sentir aquele aroma. Foi quase como se ele estivesse drogado.

Sobre a pia do banheiro havia um porta-copos. Saugherty tirou um dos copinhos plásticos da pilha e serviu-se, enchendo quase até a borda. Esta não era uma bebida para se tomar pelo gargalo nem para se misturar com água. A apresentação era uma coisa.

O sabor era tudo.

Saugherty sentou-se no vaso tampado, vestindo aquele blazer esfarrapado que não lhe pertencia, bebendo um uísque incrivelmente bom que também não lhe pertencia. Até que Saugherty estava bem, para quem acordara numa cama de hospital e enfrentara o interrogatório dos imbecis do Departamento de Auditoria Interna, que não tinham o menor senso de humor.

Ele deixou o líquido descer queimando, direto para o estômago, e logo começou a sentir uma melhora. Olhou para cima para agradecer a Deus.

Ao abaixar a cabeça, olhando para frente, Saugherty viu.

A porta do armário do banheiro, entreaberta.

Saugherty não foi logo ver. Estava a fim de terminar o uísque no copo plástico primeiro, pois sabia o que encontraria ali dentro. A pista de que ele precisava. E quando a encontrasse, sairia do banheiro, buscaria mais pistas e acabaria chegando até o dinheiro.

A manhã fora tão maravilhosa, como poderia ter sido diferente?

Dez minutos depois, a porta do banheiro se abriu e de lá saiu uma pequena mala preta, contendo algumas roupas femininas e artigos de higiene pessoal. E embaixo disso tudo, identidade e passaporte.

Olá, Katie Elizabeth Selway.

Chefe de família

— E AÍ, QUEM É O PAI?
— Ai, que saco, meu Deus do céu! – ela protestou, suspirando.
– Não vai me contar?
– Vou, mas não era assim que eu tinha planejado.
– Ah. Certo. Porto Rico. Ele ia se encontrar com a gente lá?
– Ele está lá agora.
– E por que você não está lá agora?
– Fiquei preocupada.

Lennon encostou a cabeça na parede e fechou os olhos. Katie estava a alguns metros dele, deitada no colchão.

Ele não queria dizer, mas avisou milhares de vezes: aconteça o que acontecer, mesmo que me prendam, não vá me procurar. Eu sei me virar na boa. Essa era a Regra Número Um. Sempre fora a Regra Número Um, desde que Lennon se reencontrara com a irmã e lhe confessara como ganhava a vida. Katie, entretanto, não era assim tão chegada a regras.

– Eu o conheço?

– Não... mais ou menos.

– Ah, quer dizer então que eu o conheço mesmo. Como ele se chama?

– Ah, para com isso, Patrick.

– Pelo menos o primeiro nome, vai!

– Nossa, definitivamente não era assim que eu planejava fazer isso. Comprei uma garrafa de Vueve Clicquot. Fiz reservas. Planejei tudo direitinho.

– Pois é, eu também.

Ficaram em silêncio. Remoendo as coisas. Esperando o médico. Através daquele tecido barato das cortinas da janela, dava para ver os primeiros raios de sol.

– Vou ter que encontrar aquela grana – disse Lennon, quebrando o silêncio.

– Por quê?

– Você vai precisar de um berço.

– O Michael já... ai, droga.

– Michael? Michael do quê?

Lennon revirou todas as fichas de seu arquivo mental de ladrões profissionais, mas não conseguiu identificar ninguém. Michael era um nome comum até demais. Só que ele não conhecia nenhum. Pelo menos, nos últimos anos ele não trabalhara com nenhum Michael. Trabalhara? A não ser que fosse aquele... não. Não podia ser.

– Tá, tudo bem. Qual o sobrenome?

– Esqueça isso! Tente se preocupar com a grana. Você detesta que alguma coisa o distraia no meio de algum trabalho, tá lembrado?

– Agora é tarde pra isso.
– Ora, por favor, Patrick. Deixa de ser chato. Vamos dar no pé e pronto. Da última vez que vi nosso saldo, tava tudo bem. Esse dinheiro era pro futuro.
– Tenho necessidades mais imediatas.
– Tipo o quê?
– Preciso de $350 mil pra pagar por esta casa e este terno rasgado que estou vestindo.
– O terno até que é bacana mesmo, mas acho que o valor da casa é absurdo.

Lennon deu uma risadinha, deixando-a desconcertada. Ele não precisava fingir com a irmã. Ela era a única pessoa no mundo com quem ele se sentia à vontade.

Então contou-lhe tudo que acontecera desde a manhã da sexta-feira – a traição, a tentativa de enfiá-lo duto abaixo, o alojamento, o roubo do carro, o policial corrupto, o tiro, as ameaças, os negros armados, a casa que pegou fogo, o assalto à loja de conveniência 7-Eleven, o estacionamento, o encontro com o aprendiz de mafioso, o acordo, a viagem ao condomínio de Wilcoxson...

Volta e meia Lennon deslizava no sotaque e descambava no gaélico, mas Katie entendia bem a ponto de acompanhá-lo. Ela crescera nos Estados Unidos e tinha um leve sotaque da região de Nova Inglaterra. Lennon passara a maior parte de sua vida em Listoewl e depois em Dublin, antes de imigrar para os Estados Unidos, o que ele fizera basicamente para encontrar a irmã. Seus pais morreram anos antes.

– Se você quiser o dinheiro, vai ter de fazer uma coisa.
– O quê? – ele perguntou.
– Voltar ao duto e ver quem está enfiado lá.
– Você está pensando no Bling.
– Estou pensando no Bling.

Lennon suspirou.

– Nem sei mais o que eu quero... não sei muito bem se quero achar o corpo dele.

– Acho que você quer encontrar o corpo dele.

Nesse momento, a campainha tocou. Dr. Bartholomew Dovaz estava de volta pela segunda vez em um período de doze horas.

– Pode deixar que eu atendo – disse Lennon. – Mas assim que ele se for, vai ter de me contar que Michael foi esse que se aproveitou de você.

De volta ao duto

Lisa aproveitou que Dr. Dovaz levou a mulher para o banheiro e o cara, Lennon, desceu para usar o lavabo, e deu o fora.

Foi tudo muito rápido.

O pai de Lisa tentava gritar com ela, dando uma de pai – *Que diabos você estava fazendo naquela casa? Justamente naquela casa?* –, mas Lisa nem dava ouvidos. Pegou as informações que descobrira e ficou martelando, jogando na cara dele sem parar. O cara é um assassino. Ele matou Andrew. Ele matou Mikal. Enfiou os corpos deles em um duto perto do rio. O cara é um assassino! Ele matou Andrew! Ele matou Mikal! Enfiou os corpos dele em um duto perto do rio!

O pai de Lisa, por fim, começou a ver que as peças se encaixavam e reuniu uma equipe. Não foi difícil encontrar o duto que Lisa mencionara. Havia apenas um canteiro de obras próximo ao rio Delaware. O novo museu infantil. A equipe do pai de Lisa levou espingardas, tacos de beisebol e ganchos de aço. Não precisaram dos dois primeiros itens. Todos dentro do tal duto estavam mortos. Resgataram seis corpos antes de atingir a lama e o barro no fundo do duto. Identificaram dois deles, que bateram direitinho com a foto que receberam – uma foto em preto e branco, usada para a divulgação de uma banda chamada Space Monkeys Máfia. Eram o baixista e o tecladista da banda.

A equipe conhecia o tecladista. Era o namorado de Lisa, Andrew.

O estado de Andrew não era dos melhores. Havia uma caneta Bic preta enfiada em seu pescoço. Em volta da caneta, um monte de sangue coagulado.

Avisaram ao pai de Lisa, que os mandou enfiar todos os corpos de volta no duto. Sem perguntas; só obedeçam. E foi o que fizeram.

– Só que antes eu quero que vocês tirem a caneta do pescoço do garoto – mandou o pai de Lisa. – E tragam-na para mim.

Tarde de domingo

> Quero que todos saibam que eu não acato ordens.
> — "Baby Face" Nelson

Tinta e sangue

Quando Lennon acordou novamente, estava amarrado em uma cadeira, sentindo o pescoço dolorido.

Havia outras pessoas no quarto. Um quarto diferente daquele em que ele adormecera. A última coisa de que se lembrara era de ter tomado alguns analgésicos. Não queria que o médico lhe desse nada que o deixasse grogue.

– Fique tranquilo. Isso aqui só vai dar uma aliviada na dor – o médico dissera.

A visão de Lennon ficou menos turva. Ele viu Katie no canto do quarto, com as mãos para trás. Ela usava um batom muito branco e seus olhos estavam muito inchados. Alguém apontava uma arma para sua cabeça.

Então alguém deu uma bofetada em Lennon.

– Oi, Dillinger – disse uma voz masculina. Ele pronunciara o nome corretamente: Dill-ING-*er*. A maioria das pessoas achava que era dill-IN-*dger*, como se pronuncia o nome da pistola. – Que bom que você veio.

Lennon tentou contar as pessoas ali presentes. Além da irmã. Chegara a um total de cinco, até que alguém o esbofeteou novamente.

– Fique ligado – disse a mesma voz. – Isto aqui é importante. É assunto de interesse seu e de sua namorada grávida.

Namorada grávida é o cacete, isso sim. Lennon queria gritar com toda força. Estava de saco cheio daquele circo. Era uma invenção conveniente – as pessoas achavam que eram um casal, então era só deixá-las achando. Só dificultava rastreá-los. Mas agora aquilo não tinha a menor importância, certo? Eles já tinham sido rastreados.

– Que diabos você deu a ele, Dovaz? Tranquilizante pra cavalo?

– Atendi ao pedido dele.

– Porra, o cara tá um verdadeiro zumbi.

– Não acho que o remédio sozinho deva ser o responsável por isso.

Outra bofetada – mais forte dessa vez. Lennon sentiu os dentes vibrarem nas gengivas.

– Está vendo isso aqui Dillinger?

Lennon olhou. Viu uma mão bem forte, segurando uma caneta.

– Você enfiou esta caneta no pescoço de um garoto há alguns dias. Tá lembrado?

A mão apertou a caneta onde, pelo que Lennon conseguiu ver, ainda havia sangue coagulado. Cristo Rei! Esse cara tinha ido até lá onde ficava o duto.

– Aquele garoto era namorado de minha filha.

Quem sabe, pensou Lennon. Vai ver era o irmão de sua filha. Não é certo tirar conclusões assim.

– E aí, vai dizer alguma coisa seu mudo desgraçado?

Lennon abriu a boca, mas não conseguiu dizer nada.

Ele ia dizer: "Vá se foder, seu babaca."

Mas não conseguiu.

– Está tentando falar, né? Bem, não vai dar. Agora é pra valer. Eu sei que você estava mentindo – minha filha disse que o ouviu falar. Esses dias já eram, patife.

Lennon tentou novamente, mas sentiu umas lâminas se revirarem na garganta. "O que este filho da puta fez comigo?", pensou. Seus olhos foram bater direto no médico – Dovaz – e, sob aquela barba, ele viu um risinho debochado.

– É, Dillinger. Te peguei de jeito. O doutor aqui fez a gentileza de me ajudar. Derramou um pouco de ácido em sua garganta. Agora você vai ficar aí sentado e me escutar bonitinho.

Apareceu um outro cara empurrando uma bandeja. Era um grandalhão pálido, com óculos horrorosos de aro de tartaruga e um bigode bem cheio e ensebado. Espalhadas sobre a bandeja havia diversas espécies de ferramentas, inclusive cirúrgicas – bisturis, martelos, chaves-inglesas, braçadeiras, agulhas. Algumas delas estavam sujas de sangue seco. No canto havia um par de estribos retráteis de couro.

– Não vai contestar? Muito bem. Então preste atenção. Estamos com sua namorada bem ali. Logo, logo a levaremos para um lugar secreto, igualzinho a Dick Cheney. Então, um pouco depois, vamos soltar você. Eu sei, você está dizendo, de jeito nenhum, mas vamos fazer isso sim. E aí, Dillinger, você vai assaltar alguns bancos para mim. Calculo que você precise roubar pelo menos um por dia porque a diária de sua namorada vai custar $5 mil. Li em um livro que o ladrão de banco mediano fatura no máximo dois ou três mil em cada serviço. Por isso que estou dizendo que você vai precisar roubar *pelo menos* um por dia.

Lennon olhou bem para ele.

– E vou saber se você estará roubando os bancos mesmo. Leio o *Daily News* todo santo dia, sou assinante. Eles cobrem tudo. Se um cara mijar ao lado de um prédio, a notícia sai no jornal no dia seguinte. Então vou procurar seus roubos noticiados.

Do que diabos esse escroto estava falando?

– Melhor inventar um apelido pra você. Todo ladrão de banco que se preze tem um. O Bandido do Mau Hálito. O Bandido da Cara de Espinhas. O Bandido Bobby DeNiro. Você pode ser o Bandido "Essa Não, Queimaram Minhas Cordas Vocais". Que tal? Agora, falando sério, é melhor você inventar um apelido. Vai precisar criar uma identidade. Depois que realizar os roubos, vai entregar o dinheiro neste endereço bem aqui. Pode ficar com uns trocados pra conseguir tocar a vida. Mas alguns dos meus homens esperarão pela sua entrega. Se tentar qualquer gracinha, vai virar o Bandido do Terno de Madeira. Juro por Deus. E sabe a sua namoradinha aqui? Vai virar a Namorada Que Fez um Aborto Com um Cabide Enferrujado.

Lennon decidiu ali mesmo naquele momento que faria com que aquele sujeito tivesse uma morte bem lenta. Ainda não sabia ao certo dos detalhes, mas não importava. Quando colocava uma coisa na cabeça, ninguém o segurava.

– Tá vendo essas ferramentas aqui? Provavelmente o deixaram nervoso. Bem, pode ficar tranquilo. Não são para você. Se você pisar na bola, se for preso, se tentar ferrar com a gente ou mijar no lado do prédio errado, vai sobrar pra ela. E pro bebê. Temos várias maneiras de tirar seu bebezinho filho de uma puta lá de dentro. Não se preocupe. O desgraçado não sobreviverá por muito tempo. Ela não parece tão grávida assim.

Esse canalha, Lennon decidiu, ia ter a mais lenta de todas as mortes. Daquele tipo que começa com um ralador de queijo e um maçarico e daí para pior.

– Então é isso. Você vai trabalhar pra gente até pagar o que deve e então a soltaremos. Se você pisar na bola, ela morre. E ainda mando alguém atrás de você. O que acha, Dillinger?

A pergunta era mera formalidade.

– Vou considerar seu silêncio como um acordo.

E então alguém golpeou Lennon pelas costas. A porrada não conseguiu deixá-lo inconsciente, como outro cara rapidamente observou; então veio outro golpe que, dessa vez, funcionou.

Manhã de segunda-feira

Até minha irmã teria conseguido roubar este banco.
— Patrick Michael Mitchell

Café da manhã
na cama

EIS A TRISTE VERDADE: LENNON NÃO era ladrão de banco. Certamente participara de inúmeros assaltos. Se alguém lhe pedisse para preencher uma ficha cadastral para emprego, ele provavelmente escreveria "ladrão de banco" no espaço indagando sobre experiência prévia. Tecnicamente, entretanto, Lennon jamais roubara qualquer banco. Limitara-se a transportar os ladrões de um ponto (do lado de fora do banco) a outro (um outro veículo, um esconderijo, um aeroporto ou uma caverna no meio de um bosque) em troca de uma parte da grana. Lennon era um exímio motorista de fuga. Tinha lido milhares de coisas sobre roubos a bancos. Porém, isso não fazia dele um ladrão de banco.

Assim, para o primeiro roubo sozinho, Lennon escolheu o alvo mais fácil que conseguiu imaginar: um banco dentro de um supermercado. Lera que eram os bancos mais fáceis de se assaltar. Ninguém quer comprar rosquinhas e frios dentro de um lugar que parece até Fort Knox.

Seu alvo: um SuperFresh na rua South, bem longe do esconderijo da máfia na zona sul. Lennon roubara um carro a uns quarteirões de distância e então dirigiu até a rua Nove até ver o supermercado. Foi um começo.

Lennon, entretanto, não tinha a menor intenção de ficar roubando bancos para aquele italiano desgraçado, saco de banha. Ele sabia que precisava pôr as mãos em uma boa quantia, o suficiente para satisfazer aqueles capangas a postos no esconderijo, pegar dois dólares para comprar um chave de fenda e então usá-la para conseguir respostas. Depois pegaria Katie e finalmente daria o fora da Filadélfia para sempre.

Ele não se lembrava de mais nada que fosse útil da noite anterior; o segundo golpe que levara o apagara para valer. Na manhã seguinte Lennon acordara sozinho na mesma casa, no mesmo quarto, no mesmo colchão. Havia tentado falar alguma coisa, mas ainda não conseguia. Ficou intrigado, imaginando se as gotas aplicadas por Dovaz teriam efeito permanente. Seria muita ironia do destino.

No chão, perto dele, estava um bilhete datilografado dizendo: "Tome seu café da manhã e mãos à obra." Havia três barrinhas de cereal e uma garrafa com um litro de água mineral. O bilhete dizia ainda: "Faça seu depósito diário na caixa de correios na avenida Washington número 1.810."

Isso significava que o calhorda não estava brincando. O negócio era roubar um banco e entregar-lhe o dinheiro.

Foi então que ele viu que o bilhete estava sobre alguma coisa – um pedaço de pano.

Não, não era um pedaço de pano – era uma calcinha.

De Katie.

Lennon tomou um pouco d'água – que desceu feito o cão, queimando-lhe a garganta – e pôs as barrinhas nos bolsos do paletó e saiu. Roubou um carro, então viu o SuperFresh logo em seguida. Vamos logo acabar com isso.

Como o FBI pega o bandido

BLING SEMPRE FORA O CÉREBRO DO ROUBO, mas não gostava muito de falar de negócios. Só falava de detalhes concretos, como por exemplo, este lugar aqui é equipado com uma UCA que detecta pólvora. Lennon só fazia que sim com a cabeça e registrava. Lennon só precisava saber que Bling sabia muito bem o que estava fazendo, o suficiente para estar lá fora, com o dinheiro, sem dor de cabeça. Grande parte do conhecimento de Lennon acerca de roubos a bancos vinha de livros que ele tinha lido quando criança na Irlanda – coisas que seu pai trouxera para a América em uma bolsa de lona. Eram livros mofados com títulos do tipo *Como o FBI pega o bandido*, *Os vilões*, *Somos os inimigos públicos*, *Eu, um mafioso* e *Nova York: confidencial*. Os livros instigaram sua imaginação de adolescente e o levaram a enciclopédias de crimes, biografias sinistras e revistas masculinas amareladas que ele roubava de livrarias em Listowel.

Lennon sempre soube que o pai era bandido, mas sua mãe nunca deu maiores detalhes. Ela só passara duas semanas de férias com ele em Nova York em 1971. Freddy Selway foi visitar seu garoto algumas vezes mais tarde, mas só quando estava precisando de um lugar para se esconder no exterior. Foi durante uma dessas visitas, em 1979, que ele trouxera a bolsa de lona cheia de livros. Freddy teve de ir embora, e deixou a bolsa de lona para trás. Ou talvez a deixara de propósito. Lennon nunca soube ao certo. No final de dezembro de 1980, Freddy Selway foi morto tentando matar alguém. O pai de Lennon era um matador de aluguel.

Lennon guardou os livros do pai em um pequeno banco federal em Champanhe, numa caixa de metal, junto com um fundo de emergência no valor de $54 mil. Os livros estavam entre os pertences que ele mais prezava; não teve coragem de deixá-los em um lugar qualquer.

No momento, volta e meia ele se lembrava de *Como o FBI pega o bandido*. Era um dos muitos livros produzidos pelo FBI, sob a supervisão de J. Edgar Hoover, todos para glorificar a agência. Os bandidos eram punidos; os agentes eram sempre mais espertos, mais astutos e mais rápidos com suas armas. Mas Lennon, mesmo ainda muito jovem, identificou-se com os ladrões e assassinos, que tinham nomes bacanas e levavam uma vida muito interessante. Uma vida que ele imaginava que o pai levasse.

Tudo o que ele sabia sobre roubos a bancos era o que lera em *Como o FBI pega o bandido*.

Havia basicamente duas formas de se roubar um banco: sozinho, passando-se uma nota por escrito ou com o auxílio de uma equipe. Como Lennon não tinha uma equipe e muito menos conseguia falar, restava-lhe apenas a primeira opção. Teria que ser com uma nota por escrito. Algo rápido e sem floreios. Ele também sabia que os caixas recebiam instruções para cooperar com os ladrões em qualquer situação, para que eles não perdessem a cabeça e começassem a mandar bala nos clientes. Então a chave era a nota por escrito. Uma nota tinha que ser muito *assustadora*. Tão assustadora que o caixa teria de pensar duas vezes antes de apertar o alarme ou passar maços de notas previamente preparados para explodir, ou qualquer outra besteira.

Por isso Lennon pensou que um banco dentro de um supermercado fosse sua melhor opção. Havia mães com filhos, idosos e toda sorte de inocentes perambulando por lá, para comprar leite, pão, suco e cereais. Nenhum caixa discutiria com um sujeito armado, assustador.

Droga. Uma arma.

Teria que fingir...

Não, espere.

Essa era a América pós-11 de setembro. Ele só precisaria forjar uma bomba.

Aqui vai uma sugestão

Lennon passou em um McDonald's e comprou uma porção de McNuggets de frango – proteína fácil – com os trocados que ele encontrara no carro roubado. Sentou-se e escreveu sua nota, usando uma caneta arrancada da caixa "Deixe Sua Sugestão!" e o verso de um formulário de cadastro para trabalhar no McDonald's. Ao terminar de comer seu frango, Lennon pegou a ficha dourada que abria o banheiro, onde usou água para ajeitar o cabelo, consertar a gravata, lapela e tentar parecer o mais respeitável possível. O que era difícil, uma vez que seu rosto carregava os hematomas e escoriações de uma briga violenta.

Ah, dane-se. Talvez isso servisse até para assustar ainda mais.

Antes de ir ao McDonald's, Lennon passara em um brechó e roubara um bipe de brinquedo projetado para crianças aprendendo a andar. Só Deus sabe por que as crianças nesta fase precisavam brincar com bipes, mas isso era para Katie descobrir mais tarde. Com Michael. Não importava quem fosse Michael.

Próxima parada: uma loja da Mailboxes Etc., subsidiária da UPS, onde ele roubou um pacote em uma lata de metal, destinado a Herman Wolf em Warminster, Pensilvânia. Foi mal, Herman. O pacote era do tamanho perfeito.

E lá se foi para o SuperFresh.

Lennon lembrou-se do capítulo sete de *Como o FBI pega o bandido* – seu capítulo preferido, que trazia um conto de Al Nussbaum, ladrão de banco genial. Nussbaum tinha uma fazenda no Norte de Nova York, cheia de armamento pesado e materiais para fabricação de bombas. Ele foi o primeiro homem, em meados dos anos 1960, a ter a ideia de que uma epidemia de ameaças de bombas distrairia a polícia, abrindo caminho para os ladrões de banco.

Nussbaum provavelmente nunca teve de se dar ao trabalho de roubar bipes de brinquedo ou pacotes de agências de serviços postais.

SuperFresh não era nada diferente dos outros supermercados norte-americanos que ele visitara – iluminado, bacana, limpo, branco, frio e cheio de alimentos perfeitamente organizados em todos os cantos, gôndolas e corredores.

Lennon colocou a bomba sobre uma caixa de cereais – na promoção por $3,99 naquela semana – e então se aproximou do caixa. Esperou sua vez e aí passou a nota pelo balcão de fórmica.

Pasta de amendoim

Algo no rádio chamou a atenção de Saugherty – alguma coisa sobre uma mulher morta. Algumas crianças a encontraram em um terreno baldio na zona sudeste da Filadélfia onde os residentes da área jogam lixo e móveis velhos.

Saugherty se escondera na pousada Comfort Inn em Bensalem, perto da Rota 1, imediatamente após a fronteira municipal. Hospedou-se num quarto de canto para poder ver a rodovia. Não queria ver os lampejos vermelhos e azuis vindos do nada. Ele ainda estava sob investigação, pelo que sabia. Tornara-se inacessível. O quarto estava cheio de todos os materiais e ferramentas necessários: o rádio da polícia, é claro, para ver se o seu amiguinho, o ladrão irlandês, tinha dado as caras. Um dúzia de cervejas Yuengling Lager, em um cooler. Três garrafas de uísque Early Times. Uma garrafa de Jack Daniel's. Duas garrafas de vodca Ketel One – um amigo seu lhe ensinara a gostar desse troço. Vodca. Vá entender uma coisa dessa. Seis garrafas de água. Duas linguiças calabresas; um pedaço de queijo branco. Uma caixa de biscoitos água e sal. Pão de centeio, salsicha de fígado, mostarda, uma cebola roxa bem grande. Colocou a salsicha de fígado e o queijo no cooler junto com as cervejas. O resto não precisava de refrigeração.

Havia uma porção de coisas em uma sacola de lona preta embaixo da cama. Todas vindas de seu arsenal pessoal em Tacony, ao longo do rio, onde ele passara antes de se hospedar na pousada.

Saugherty estava ligado no rádio, esperando ouvir palavras-chave como "ladrão de banco" ou "roubo", ou "Wachovia", ou "Lennon", mas então ouviu o código policial que significava desova de cadáver. Ligou para um amigo policial, que lhe forneceu maiores detalhes. Mulher, vinte e tantos anos, encontrada nua entre a Quarenta e Nove e a Grays Ferry, com os punhos e tornozelos amarrados com fios de extensão elétrica e o corpo besuntado com pasta de amendoim. Estava grávida de três meses.

– "Peraí." Volta a fita – disse Saugherty. – Pasta de amendoim?

– Isso mesmo – a fonte confirmou. – Pasta de amendoim. As pessoas na cena do crime acharam que o assassino, ou quem desovou o cadáver, espalhou a pasta para que os ratos da área devorassem as provas.

– Você tem uma foto? – perguntou Saugherty. Algo o incomodava. Depois de alguma relutância, o amigo policial concordou em enviar a foto do rosto da mulher para o fax no *business center* do Comfort Inn. Saugherty tomou mais três goles de Early Times, então desceu. Recebeu a foto pelo fax.
Minha Nossa Senhora.

Superferrado

*C*OLOQUEI UMA BOMBA DENTRO DE UM *pacote em um dos corredores. Passe todo o dinheiro – nada de maços preparados, nem alarmes – senão as pessoas vão morrer.*

Só louco para brincar com uma coisa dessas, pensou Lennon. Ninguém tinha escrito aquilo para participar de nenhum concurso de frases; tratava-se de um assalto mesmo. Embora fosse a primeira vez que Lennon fazia isso, ele supôs que as notas que causavam melhor efeito tinham de ser diretas, sem rodeios.

A garota no balcão olhou para a nota. Ela era bonita, no sentido "exótico" da palavra. O cabelo castanho carecia de um corte bacana e ela usava óculos bem grossos, que seus amigos góticos provavelmente achavam maneiros. Seu visual, entretanto, agradava a Lennon. Ele não estava gostando nada do fato de ter de causar-lhe qualquer chateação naquela manhã. Era por isso que ele curtia participar da fuga, ao volante: a atividade não envolvia interação pessoal, estratégias de contra-ataque, nada disso.

A garota lançou-lhe um olhar questionador. Isto é pra valer?

Lennon paralisou, inexpressivo. Sim, é pra valer mesmo. Mostrou-lhe o bipe de brinquedo que trazia na mão.

A garota assentiu e então passou a se ocupar embaixo do balcão. Lennon aguardou.

– Somos instruídos para colocar um maço de segurança aqui – ela disse em voz baixa. – Mas não vou fazer isso. Só pra você saber, tá bem?

Lennon fez que sim com a cabeça.

— E mais uma coisa: não tem muita grana aqui. Um pouco mais de mil dólares. Mas vou colocar tudo.

Lennon piscou para ela. Vamos com isso, gatinha.

— Só não machuque ninguém, tá?

Chega de lero-lero. Ele ergueu o bipe de brinquedo.

A garota passou o dinheiro em uma sacola plástica branca. Não perguntara se ele preferia um saco de papel.

Lennon pegou a sacola e caminhou para a saída. Havia um garotinho tentando pegar um prêmio de uma pequena máquina vermelha no corredor e um jovem casal empurrando um carrinho cheio de compras ensacadas. Lennon passou por eles e se aproximou das portas automáticas, que se abriram imediatamente. Passou pelo vestíbulo e então pelas outras portas.

Que não se abriram.

Tentou voltar, mas as portas que ele acabara de cruzar também não se abriram. O jovem casal olhou para ele através do vidro. O que você aprontou?

Essa não, ele pensou.

Preso.

Feito um hamster em um *Habitrail*.

Naquele momento, pela primeira vez em todo o fim de semana, Lennon deu graças a Deus por Bling ter sido morto. Ele não sabia como explicaria isso ao finado comparsa.

Um pouco mais tarde, depois que a polícia chegou e Lennon se encontrou algemado e pronto para ser levado à viatura mais próxima, a garota do mercado se aproximou. Olhou bem para ele através daqueles óculos bem grossos, feito uma colegial curiosa numa feira de ciências.

— Da próxima vez — ela disse — pegue um bipe de brinquedo que não traga escrito Fisher-Price na lateral.

Na verdade ela não disse isso. Foi tudo imaginação de Lennon. Porque era assim que essa história ia acabar, quando fosse noticiada no jornal em duas horas. O artifício da bomba, o brinquedo. A cobertura da história estava garantida. E as primeiríssimas edições sairiam logo depois da meia-noite, e mais cedo ou mais tarde um exemplar acabaria nas mãos do carcamano, e Katie seria morta.

O segundo fax

—AH, ME DEIXE EM PAZ — PROTESTOU SUA FONTE.
— Ah, para com isso, cara. Só uma fotozinha.
— Qual é a sua? Tá se masturbando com fotos de crime aí? É só um otário que tentou roubar um banco com um bipe fajuto e um guardanapo do McDonald's. Acontece todo santo dia. Leia o *Daily News* de amanhã e fique por dentro.
— Pô, Jonsey, qual é! Manda a foto aí, cara!
— Por acaso eu estou inclinado numa mesa com o rabo pra cima? Você está fazendo cócegas no meu cólon, seu babaca?
— Ah, qual é!
— Você é um filho da mãe, Saugherty.
— Eu sei. Eu sei. Precisa do número do fax de novo?

Alguns minutos depois, Saugherty ficou sabendo que a polícia da Filadélfia prendera Patrick Selway Lennon, só que os caras ainda não sabiam – a menos que os tiras envolvidos na troca de tiros na noite de sábado por acaso passassem pela cela onde Lennon estava preso. Improvável. A situação na DP era periclitante: faltava pessoal e havia sobrecarga de trabalho. O prefeito cortara 1.400 empregos – entre eles, policiais e bombeiros – das folhas de pagamento da prefeitura no inverno anterior. A polícia estava se virando como podia. Ainda estavam para distribuir os cartazes de Procurado desde os tiroteios do sábado e ainda levaria uma hora para que as impressões digitais fossem identificadas. Isto é, se conseguissem realizar o trabalho.

O que lhe deu então mais ou menos uma hora.

Droga. Ele mal tinha se recuperado do choque do primeiro fax e tomara só alguns goles de Early Times quando alguém passou um rádio avisando de uma situação 211 na rua South. O que não fazia nenhum sentido, mas o último lugar onde Saugherty vira Lennon fora pertinho da South, no restaurante italiano. Então, até que fazia algum sentido absurdo. Além disso, ele teve o mesmo pressentimento de antes. Tinha alguma coisa ali.

Ele teria de deixar aquele copo de Early Times para trás. O café da manhã teria de esperar.

Saugherty entrou no carro emprestado e foi para a Cottman, virou à esquerda na Princeton, pegou a I-95 e pediu aos céus para que o trânsito matutino já tivesse escoado. A delegacia ficava lá no centro da cidade, e ele não podia se atrasar. Ainda tinha que dar uma parada rápida primeiro, para pegar uma bolsa.

Tarde de segunda-feira

Para alguns, será uma tristeza
Para a lei, um alívio
Mas é morte para Bonnie e Clyde.
— BONNIE PARKER

Qualquer quantia considerável

—EM PRIMEIRO LUGAR, VAMOS PARANDO com esta palhaçada, porque eu sei que você não é mudo coisa nenhuma, falou?

Saugherty sapateara feito Fred Astaire para conseguir entrar nesta sala de interrogatório. E este filho da mãe ainda estava brincando de Shields & Darnell.

– Só dê um oi, babaca. Não temos tempo pra isso.

O ladrão de banco olhou bem para ele, com os olhos arregalados, como se tentasse se comunicar mentalmente. Estava com os braços para trás, as mãos algemadas, dando a volta na cadeira. Vá em frente e ameace detonar uma bomba nos Estados Unidos e veja o que acontece. Saugherty ainda não acreditava que ele estivesse aqui.

– Pode ir parando porque essa história de leitura labial não é comigo. Você-sabe-onde-está-a-grana?

O cara suspirou.

Saugherty sentiu vontade de partir para cima e meter porrada. Mas então parou. Teria ele se enganado? Seria possível que o cara fosse mudo mesmo antes de atirar e explodir sua garagem? Teria ele imaginado aquilo? Não. Ele ouvira. Aquele sotaque irlandês... Então o que estava acontecendo ali?

– Vou ser bem claro com você. Eu-sei-onde-está-sua-irmã.

O ladrão fixou os olhos e prestou atenção.

– Isso mesmo, eu sei onde está sua irmã. Katie Selway. Sei que ela se meteu nesta confusão e sei que está encrencada. E posso ajudá-lo a chegar até ela.

Claro que Saugherty estava blefando. E omitira alguns detalhes, mas podia resolver isso depois.

— Agora você está prestando atenção, né?

O cara fez que sim com a cabeça. Levemente. Como se dissesse: prossiga.

— Preciso saber se você vai me ajudar, então. Temos de recuperar a grana e então eu o ajudarei a recuperar sua irmã. Estamos de acordo?

Lennon, o ladrão de banco, na verdade estava refletindo sobre aquilo. Sabia onde estava a grana (é ruim, hein!). Novamente fez que sim com a cabeça. Só uma vez.

— Sabe, nossas conversas são as mais reveladoras de todas – disse Saugherty. — Está aí uma coisa que eu adoro em nossa relação. Neste negócio, é muito difícil encontrar alguém com quem a gente se afine. Você concorda? Tudo bem. Prepare-se.

Os dois homens ficaram ali sentados na sala cor-de-rosa de janelas foscas protegidas por grades, aprontando-se.

— Daqui a pouco vai explodir.

Silêncio.

— Você deve estar perguntando o que vai explodir. A bomba dentro de uma mala que coloquei em um armário no terminal rodoviário na rua Dez com a Filbert. Vamos nessa.

I-95

O EX-POLICIAL ERA UM OTÁRIO COM um parafuso a menos. Mas foi o melhor que aconteceu a Lennon, que estava naquela cela, tramando uma fuga, uma saída, um jeito de voltar até Katie.

Lennon precisava chegar à Katie nem que tivesse de ser a última coisa que ele fizesse nessa vida. Então, deixe a ganância do ex-policial abrir caminho. Lennon sabia tão bem do paradeiro da grana do Wachovia quanto sabia exatamente onde encontrar o Cálice Sagrado. Mas esse ex-policial, o tal Saugherty, ainda não precisava ficar sabendo disso. E lidar com um ex-policial era melhor do que com uma delegacia cheia de policiais na ativa.

Além disso, um homem extra seria útil quando ele chegasse ao ponto de entrega e fizesse aqueles italianos cretinos lhe darem notícias de Katie. Ele podia dizer... ou melhor, escrever... para Saugherty que o dinheiro estava com o chefão da máfia, Perelli. E teriam de passar por Perelli para resgatar a grana. Problema resolvido. Saugherty era problema a ser resolvido mais tarde.

Inacreditavelmente, ninguém deu a mínima quando os dois simplesmente saíram pela porta principal. Saugherty inventou uma mentirada, dizendo que ia "transferir o prisioneiro" e ponto final. Sem nenhuma confusão. Ninguém o identificara como o mesmo cara que tinha mandado chumbo contra os policiais no Rittenhouse Square duas noites antes. Ninguém piscou. Dava para acreditar nessa cidade? O tal do Saugherty só mostrou uma identidade velha e deu o fora da delegacia. E pegaram um carro. Um Chevrolet Cavalier azul. Os dois entraram no veículo sem dar um pio. Saugherty subiu uma rua, virou à direita, passando rapidamente por uns prédios históricos de tijolo, então chegaram à I-95, em direção ao norte. América.

– Tudo bem, você está oficialmente solto. Agora pode parar de palhaçada e começar a falar.

Ninguém merece. Aí vamos nós de novo.

– Olha aqui, seu filho da mãe. Eu sei que você não é mudo. Eu ouvi você falar. Um pouquinho antes de você mandar minha casa pelos ares. Você falou alguma coisa com sotaque irlandês. Que eu gosto pra cacete.

Lennon, obviamente, não disse nada. Não conseguia. Não que esse policial fosse entender isso. O negócio era deixá-lo tagarelar. Daria mais tempo para bolar um próximo passo.

– Ainda bancando o durão, né? Olhe aqui, para com essa porra já. Precisamos um do outro, senão você nem estaria aqui. O negócio é o seguinte. Vamos subir até o quarto onde estou hospedado. E nem vem me olhando assim não, que eu não sou boiola. Você não faz meu tipo. Gosto de homem que consegue gemer quando minha vara entra em seu traseiro. O máximo que você conseguiria seria arranhar o colchão. E, com toda sinceridade, não seria legal pra mim. Gosto de ouvir enquanto trepo.

Os marcadores brancos de pista passavam a 115 quilômetros por hora.

– Cacete, você não tem o menor senso de humor, seu escroto.

Lennon viu a cidade afastar-se lá atrás e se deu conta de que estavam indo para o norte. Ou nordeste. Para o nordeste. Onde o ex-policial costumava residir. Katie só podia estar em algum lugar ao sul da cidade, onde os italianos operavam.

Ele abriu o porta-luvas de onde saltou um três-oitão. Lennon viu Saugherty arregalar os olhos por um instante, mas espalmou as mãos para o alto para dizer, calma aí, irmão, não vou pegar o revólver, não. Com dois dedos, ele ergueu a arma pela guarda do gatilho e a pôs no colo. Então revirou as coisas até encontrar o que queria: uma caneta e uma pilha de guardanapos. Bem, os guardanapos não eram exatamente o que ele queria, mas serviriam.

Encontre minha irmã, escreveu e mostrou a Saugherty.

– Desculpa aí, mas temos que voltar e nos aprontar – contrariou o ex-policial. – Precisamos de ferramentas e você precisa trocar essa roupa. Preciso terminar de tomar meu Early Times, embora o gelo já deva ter derretido. Então falaremos sobre a grana.

Lennon apontou o três-oitão para a cabeça de Saugherty.

– Não está carregada – disse Saugherty.

Lennon disparou e nada.

– Não disse?

Sob custódia

Q UANDO CHEGARAM AO HOTEL, SAUGHERTY teve de trocar a cueca slip branca. Na verdade ele não tinha certeza de que o três-oitão estava mesmo descarregado; pegara aquele Cavalier emprestado com seu *bookie* depois que seu carro incendiou. Seria aquele irlandês de uma figa capaz de dizer, pelo peso, se a arma esta descarregada? Só Deus sabe.

Lennon sentou-se em uma cadeira próxima à janela enquanto Saugherty revirava a bolsa preta embaixo da cama. Ele sabia que tinha uma outra muda de roupas ali em alg... isso mesmo. Achou. Algo que ele surrupiara de um traficante de drogas em Kensington. Jogou a trouxa branca no colo de Lennon.

Era um conjunto atlético de calça e casaco, todo branco com debrum dourado. O logotipo na frente dizia: "I'm the Daddy" – Eu sou o papai.

Você só pode estar de sacanagem, dizia a expressão no rosto de Lennon.

– Cara, pelo menos não está fedendo. Vamos lá! Aproveite e tome um banho, você está precisando. Vou preparar alguma coisa pra gente comer. Quer beber alguma coisa?

Lennon fez que sim e se levantou.

– Temos Early Times, uma vodca muito da fina, uma garrafa de Jack...

Lennon mexeu a cabeça, fazendo que sim, logo que ouviu a palavra Jack.

– Jack? É pra já. Puro ou sem gelo? Acho que você é do tipo que toma puro. Tenho também salsicha de fígado. Tá a fim de comer um sanduba? Provavelmente. Na prisão os caras só servem comida à noite, bem tarde. Vou fazer um pra você, sem cebola. Você não tá precisando de cebola.

Àquela altura Lennon já estava sob o chuveiro.

Saugherty ficou só pensando, refletindo. Havia diversas formas de conduzir aquilo; fazer o ladrão entrar no jogo até desenterrar a grana do roubo. Mas por quê? Saugherty já estava de saco cheio de tanto pensar. Sempre que tentava bancar o esperto, a coisa degringolava para a carnificina. Ele deu uma olhada na cômoda e tirou da pilha a foto da mulher morta, enviada pelo fax.

A morta se chamava Katie Elizabeth Selway.
Não. O tempo era curto demais para bancar o esperto. Vamos dar uma chance à honestidade.
Certo?
Hummm...
Não.
De jeito nenhum.
Temos que continuar mentindo.

Saugherty enfiou a foto de volta na pilha. Pegou um punhado de gelo no cooler para refrescar seu Early Times, deu uma mexidinha, e entornou o copo. Então, mais gelo, mais Early Times. Um cafezinho cairia bem, para dar uma equilibrada. Uma comidinha também, embora ele tivesse perdido a vontade de comer sanduíche de salsicha de fígado. Saugherty estava louco por um Big Mac e uma porção grande de batatas fritas – comida de policial, que ele adorava pedir no drive-thru. Sabia que estava no limiar entre uma ressaca e um belo de um porre, e tinha de ficar ligado por um tempo. Tinha que se manter firme. A comida o ajudaria. Espere só até que esse rebuliço chegue ao fim.

Ele precisava pensar.

– Vou dar uma saída – gritou para o banheiro. – Volto daqui a cinco minutos. Eu poderia até te perguntar se tá precisando de alguma coisa, mas não adiantaria de nada, certo?

Pilhas de fax

LENNON SE SENTOU À MESA DE TRABALHO e nem deu bola para o sanduíche de salsicha de fígado. Mas tomou um gole do Jack. Não era sua bebida de costume – ele curtia um bom malte simples depois que completava um serviço. Até um copinho de Jameson para fechar a noite. Mas tudo bem, servia. Jack fazia parte da mesma família de bebidas. E quanto a estar trabalhando ou de folga, quem poderia dizer? Em algum ponto ele cruzara um limite. O serviço tinha oficialmente chegado ao fim. Agora era hora de se recuperar.

Na mesa havia uma pilha de pastas de arquivo. Lennon pegou a de cima e a abriu. Um relatório policial. Entrevista com um suspeito, um fax com impressões digitais, seguido de páginas com um manuscrito digitado. Que droga era aquela?

Saugherty era policial – ou um ex-policial. Disso ele já sabia. Seria aquela papelada material de trabalho freelance? Ele começou a folhear para passar o tempo. Tinha uma porrada de coisas sobre traficantes. Transcritos, provas fotográficas. E também não era apenas um caso, mas uma porção deles, todos misturados.

Havia uma foto ali. Um cara com *dreadlocks* e cheio de cicatrizes por todo o rosto e testa. Parecia o primo mais feio de Seal.

Outra foto: uma jovem de cabelo castanho-claro e queixo fino. Embora a foto fosse em preto e branco, seus olhos pareciam brilhar.

E havia mais uma foto: um homem mais velho. Esquelético, de cabelo grisalho. Parecia com Terence Stamp. Se Terence Stamp precisasse de um babeiro e um abraço.

Outra foto...

A sacola plástica

SAUGHERTY VOLTOU PARA O QUARTO com a boca cheia de batatas fritas do McDonald's e então, pela segunda vez naquele dia, quase se arrasou.

A imagem à sua frente se revelou segmentada, ao estilo Dick e Jane em seu cérebro. Lennon. Lennon olhando fotos de crimes enviadas por fax. Lennon vendo a foto de Katie Elizabeth Selway morta.

Lennon voando em seu pescoço.

O mudo levantou a cabeça. Embora não tivesse sorrido, o jeito que ele deu nos lábios indicava para Saugherty que estava tudo bem. Lennon ainda não sabia. Se soubesse, seus olhos teriam denunciado. Além do mais, Lennon provavelmente teria mandando chumbo nele ali mesmo. Saugherty teria sangrado até a morte, com a cara cheia de fritas.

— Oi.

Lennon respondeu, mexendo a cabeça, então voltou para a pilha de papéis.

— Eu trouxe um McChicken pra você. Pela sua aparência presumi que você fosse chegado a uma dieta de proteína.

Silêncio. Talvez ele não fosse assim tão chegado à dieta de proteína. Talvez tivesse sido melhor comprar um hambúrguer para o cara. Ou um Mclanche Feliz.

Pense, Saugherty, pense.

— Isso aí que você está olhando são os tristes restos de uma carreira como policial. É... é verdade. Peguei tudo direto do arquivo da delegacia. Ninguém deu a mínima. Deu tudo em uma sacola plástica da Target. Tirei tudo de lá.

Lennon continuava folheando.

— Meu ex-parceiro era corrupto. O que você tem bem na frente são os restos de centenas de vidas destruídas. — Até que soa bem, Saugherty pensou. — Provas plantadas. Julgamentos fraudulentos. E por aí vai. E o dia em que ele pintou o interior de seu Ford Explorer com o próprio cérebro foi o dia em que jurei consertar as coisas, rapaz, você está com a corda toda! Tenho que lembrar disso tudo para quando eu me aposentar com os $650 mil. Vou me sentar em Cancun e escrever um romance policial. Dinheiro de roubo de banco era uma coisa. Mas escrever um romance policial? Ser um policial aposentado da Filadélfia com um escândalo em seu histórico? Isso era como imprimir dinheiro.

Saugherty olhou para baixo.

Lennon segurava a foto da irmã morta, despida e besuntada com pasta de amendoim.

Mas ele não olhou para baixo. Estudava Saugherty. Provavelmente tentando decifrar o quanto de balela havia naquilo.

Mais ou menos uns noventa e nove por cento, meu chapa, Saugherty pensou.

Confissões de um ladrão de banco

N O FUNDO, LENNON SABIA QUE NÃO podia confiar em Saugherty. E ali estava ele, com um papo sobre policiais corruptos e assistência às pessoas. Para, né? Com quem esse camarada achava que estava conversando?

Mas, já que o camarada estava naquela onda de abrir o coração, talvez fosse o momento de fazer o jogo dele.

No mínimo seria uma forma de dar o fora desse quarto de hotel. Voltar para a cidade propriamente dita. Encontrar Katie, atirar em tudo que se movesse e então deixar a Filadélfia para sempre.

Lennon empurrou os relatórios policiais de volta à mesa e...

(Rápido retorno)

A I, CACETE! MEU DEUS DO CÉU, MUITO OBRIGADO!

Confissões (continuação)

... FEZ O GESTO QUE JÁ SE TORNARA FAMILIAR, pedindo para trazer-lhe papel e caneta.

Saugherty aprendia com facilidade. E parecia profundamente aliviado por Lennon não estar mais fuçando seus preciosos arquivos de casos. Era bem capaz de haver ali tanta corrupção policial a ponto de fazer uma centena de jornalistas investigativos cagar nas calças. Quem dava a mínima? Lennon é que não era.

Formaram uma dupla muito esquisita na frente da mesa de trabalho: Lennon, com a cara toda quebrada e uma roupa branca de hip-hop; Saugherty, com seu casaquinho de professor de matemática do colegial e uma camisa de botões que não estava mais amarrotada por falta de espaço. Saugherty parecia um pai suburbano que guardava um segredo sórdido. A diferença de idades era perfeita. Lennon parecia curtir um jogo duro. Que se dane.

O atendente do hotel pelo visto ficara surpreso quando pediram a chave do *business center*. Vai ver achou que eles estivessem a fim de se conectar para buscar pornografia entre homens e rapazes.

Novamente: que se dane.

Uma vez dentro da sala e depois que o Dell cansado de guerra terminou de carregar, Lennon começou a digitar furiosamente. Aprendeu a digitar ao mandar e-mails para Katie. Era o meio ideal de comunicação sempre que o trabalho os separava, o que era muito frequente. É óbvio que Lennon não podia participar de nenhum concurso de digitação. Usava dois dedos de uma forma "cata-milho" modificada, vez ou outra usando o polegar e os dedos anulares.

Saugherty, ali atrás dele, leu e disse:

— Ah, sim. Eu sei disso. Wachovia.

Lennon olhou para ele.

— Foi mal. Pode continuar. Faça o que tem de fazer.

Assim, Lennon continuou a digitar o resumo de seu fim de semana, desde o roubo até a prisão naquela manhã. Não se tratava de um relato emocional. Era puramente profissional. Afinal, era isso que Saugherty queria ouvir, certo? Queria saber do dinheiro. Porque Lennon sabia que Saugherty só queria que ele o levasse à grana, depois do que ele seria preso ou morto. Nada mudara desde a noite de sexta-feira. Na verdade, depois de um longo fim de semana cheio de reviravoltas e trairagens, a consistência de Saugherty era até agradável.

— Tá de sacanagem! Caraca, seu próprio parceiro? Que filho da mãe.

Mais digitação.

— Pois é... os russos. Até aí tudo bem, não é surpresa nenhuma. Mas como os carcamanos se envolveram...

Mais digitação.

— A-ha! É isso. Por isso que eu me dei mal quando o segui até aquele restaurante. De alguma forma, o conhecimento ameniza a dor, você não acha? De repente aparece um cara do nada, te dá um murro na boca e você pensa: "Que merda é essa?" A pergunta dói tanto quando a porrada. Mas digamos que você descubra que você estava dando a velha carcada na irmã caçula dele. De repente tudo faz sentido. Estou certo?

Lennon o ignorou e continuou a digitar. Estava louco para que o ex-policial calasse a matraca e prestasse atenção ao que ele estava escrevendo.

E tome-lhe comentários:
– Caraca, isso é inacreditável.
E:
– Um policial? Justamente lá na festa?
E assim por diante.

O outro motivo pelo qual Lennon estava abrindo o coração? Ele precisava que Saugherty o ajudasse a matar aquela droga de charada. Onde *estava* a grana? Talvez, em algum cantinho do cérebro embriagado daquele ex-policial, houvesse ainda uma pontinha de perspicácia, a mínima capacidade analítica. Talvez Saugherty conseguisse identificar algo que tivesse escapado à atenção de Lennon.

Quando Lennon terminou, Saugherty soltou um assobio bem longo.

– Cara. Estou quase mal por ter atirado em seu ombro e amarrado você numa mesa. Que final de semana sinistro esse que você teve, né não, meu chapa?

Lennon digitou:

me ajude a resgatar minha irmã. a gente encontra a grana e divide... fechado?

– Nada disso. Primeiro a gente procura a grana.

NÃO HÁ TEMPO.

Lennon se levantou da cadeira. Ele tinha opções. Saugherty podia estar armado, mas seria difícil usar a arma naquele confinamento onde se encontravam. Lennon podia arremessá-lo pela janela de vidro que separava o *business center* do saguão principal do hotel.

— Tá certo, tá certo. Não sou nenhum filho da mãe. Você está preocupado com a segurança de sua irmã. Em seu lugar eu ia querer o mesmo. E sei onde ela está; vai ficar bem. Esses caras são mafiosos de meia-tigela. Eu conheço a laia. São uns preguiçosos, cambada de olho grande. Não vão pôr em risco o vale-refeição deles. Mas tem uma coisa: o tempo pra gente pôr as mãos na grana está acabando. Então considere a contraproposta que tenho pra fazer.

Lennon assentiu com a cabeça. *Prossiga.*

— Me parece que só há uma opção com a grana. Seu terceiro camarada, esse tal de Crosby. Você não o vê desde a manhã do roubo. Você acha que ele está enfiado naquele duto, mas não sabe ao certo. Você sabe, isso sim, que seu outro comparsa, o que te traiu, não está com o dinheiro. Senão, ele estaria agora sentado de pernas pro ar em Cancun, bebendo um Mai Tai e recebendo uma massagem oriental, tudo com um final feliz. Tô certo? Então, cara, Crosby é o elo perdido.

Exatamente o que Katie dissera.

— Então, primeiro vamos até o duto em Camden e retiramos os corpos. Se encontrarmos Crosby, beleza. Vamos ter que procurar em outro lugar. Agora, se o corpo dele não estiver lá, então ele é o cara. Daí pegamos a irmãzinha e bolamos o próximo passo. Fechado?

A sacola de lona

O IRLANDÊS DE UMA FIGA fez que sim com a cabeça. Fechado. Saugherty sorriu.

Obviamente, é quase certo que não vamos encontrar seu camarada Crosby, daí eu te coloco no duto no lugar dele. Então vou atrás do cara. O ladrão com a grana. Katie, minha querida, me desculpe, mas você já é um caso perdido.

Ele viu Lennon fechar o Word, clicando na opção "Não Salvar". Seu diário do final de semana desapareceu.

Então ele olhou para Saugherty e, com a mão direita, fez uma pistola.

– Sim. Armas. Vamos precisar de armas para pegar a Katie, né? Meu irmão, você está falando com o tira aposentado certo. Vamos voltar lá pro quarto, que eu tenho uma surpresinha pra você.

Não era a foto de Katie morta enviada pelo fax – Saugherty já a tinha pegado, dobrado e colocado no bolso do blazer. Não daria mais aquele vacilo.

A surpresa estava dentro de uma sacola de lona verde do exército, o pagamento por um favor que ele fizera a um membro da S.W.A.T. da Filadélfia alguns anos antes – acobertando um caso de agressão física a uma esposa. Em troca, Saugherty pedira uma bolsa cheia de "brinquedinhos": artilharia pesada da qual ele não precisasse dar conta. A bolsa certamente mostrava-se útil de vez em quando. Aquela ocasião era um bom exemplo disso.

Saugherty achava que fosse usar todo aquele troço caso precisasse entrar em confronto com alguns de seus ex-colegas. Era parte de sua estratégia de saída. Mas agora, pelo visto, ele tinha uma outra alternativa.

– Que maneiro, hein!

Lennon não pareceu impressionado. Escolheu dois três-oitões e ficou claro que sua habilidade com armas era tão boa quanto a sua especialidade em fazer compras. Era como um dono de casa amador, pegando a primeira ferramenta que via na frente para dar um jeito em um vazamento na cozinha. Não importava se fosse um martelo, um alicate, uma chave de fenda ou um serra elétrica.

Saugherty, por sua vez, escolheu cuidadosamente. Ignorou as pistolas e os rifles. Não precisaria deles. Partiu logo para algo especial: um bagulho enorme, parecendo uma pistola sinalizadora. Tinha capacidade para duas granadas de impacto, usadas pelas equipes da S.W.A.T. para desorientar e confundir seus alvos. A explosão já era o bastante para deixar dez homens inconscientes a uma distância curta. Estourava os tímpanos, rompia vasos nasais e causava hemorragia ocular.

O ladrão de banco o olhava sem entender nada.

– O que foi? Isto aqui? É um sinalizador. Pra distrair a atenção. Para quando formos atrás de sua irmã. Vai deixar os carcamanos todos confusos.

Lennon pareceu satisfeito com a explicação e então checou as pistolas para certificar-se de que estavam carregadas. Claro que estavam. Tudo parte da estratégia de saída.

E a outra parte era a seguinte: depois que determinassem que Crosby faltaria ao próprio velório, Saugherty deflagraria uma granada bem no colo de Lennon. Talvez fosse o bastante para matá-lo, mas provavelmente não. De qualquer jeito, ele o despacharia duto abaixo, junto com a pistola, e então daria o fora de lá o mais depressa possível.

Caçaria Crosby. Apertaria o malandro. E se mandaria.

– Tá pronto, meu irmão?

Tarde de segunda-feira (mais tarde)

Diga pra rapaziada que estou voltando pra casa.
— WILBUR UNDERHILL

Flash
bang
bang
bang

O QUE MAIS IMPRESSIONAVA LENNON, fazendo uma retrospectiva, era como tudo parecia confuso – meio que um sonho e um pesadelo ao mesmo tempo – depois que deixaram o hotel. No começo daquele dia, o percurso para o nordeste levara muito tempo. Agora, a I-95 estava quase vazia, e cruzaram rapidamente a extensão do rio Delaware até a ponte Benjamin Franklin, chegando ao lado de Camden em questão de minutos, feito um foguete. Parecia mais um delírio de retrospectiva no leito de morte do que a vida propriamente dita.

Então pararam em um estacionamento de concreto, de onde viam-se os dutos. E piorou ainda mais.

Lennon não acreditava no que estava vendo.

Havia três pessoas lá carregando dois sacos de necrotério em direção ao duto. A princípio, Lennon achou que estivesse assistindo à reprise de seu próprio quase funeral na sexta à noite. Mas não; eram três pessoas diferentes, carregando – pelo visto – dois cadáveres diferentes para a boca do duto. O duto que estava prestes a receber uma boa camada de concreto no futuro próximo.

Saugherty os viu também.

– O que é isso? Uma promoção da máfia? Enterre todos os seus cadáveres agora enquanto os preços estão lá embaixo? Quem diabos são esses caras?

Lennon apertou os olhos para ver melhor. Conseguiu ver um deles.

Um grandalhão. Pálido. Óculos de tartaruga. Bigode feioso.

Era o cara do porão na zona sul. E seus comparsas. Os que apontaram uma arma para a cabeça de Katie.

O saco de necrotério.

Plástico.

O tamanho era certinho.

Katie.

A confusão se dissipou. Tudo parecia claro agora.

Lennon virou-se, apontou uma das pistolas .38 para a axila de Saugherty – onde o colete não protegia – e disparou.

O ex-policial se distraíra, observando os estranhos.

– O quê...? – Então, olhando para baixo: – Não... não tô acreditando.

Uma mancha úmida e escura se espalhava para baixo, cruzando a manga de sua camisa.

Lennon saiu do carro e se dirigiu para os dutos. Ouviu a porta do motorista se abrindo lá atrás. Saugherty tentava se arrastar para fora. Deixe ele pra lá. Cuidaremos dele mais tarde.

O tiro não alarmara os caras lá embaixo. Afinal de contas, estavam em Camden. Mas o rangido da porta foi outra história.

Todos eles olharam para cima, na direção de Lennon.

Àquela altura, Lennon estava correndo na direção deles, com uma arma em cada mão. Só pensava em duas coisas. Primeiro: ver Katie com meus próprios olhos. Depois: exterminar. O resto se organizaria.

– Que porra é essa? – disse um deles.

– Aí, é o cara – constatou o grandalhão com óculos de tartaruga. – O ladrão do banco.

Lennon atirou nele, bem no meio das lentes.

Os outros dois largaram o saco e foram pegar as armas, só que Lennon parou e mirou uma pistola em cada um deles e fez um gesto negativo com a cabeça. *Não.*

Seu gesto não adiantou de nada. Eles sacaram as armas mesmo assim. Apontaram para Lennon.

– Ele quer que vocês abram esses sacos – disse uma voz.

Era Saugherty, aquele cretino maluco. Cambaleando na direção deles, segurando aquele sinalizador enorme.

— Pra ser sincero, estou tão curioso quanto ele. Então, por que não fazem um favor a todos nós e abrem os sacos?

Os dois capangas, que pareciam gêmeos agora que Lennon teve a chance de pensar no assunto, pareciam confusos. Mas não por muito tempo.

Deu-se início a um tiroteio.

— Ah, vá se danar.

Choveram balas para todos os lados, criando fagulhas ao bater nas lajes de concreto, atravessando as roupas e rasgando peles.

— Merda! Merda!

Então surgiu um som estranho, um zumbido.

No microssegundo que Lennon levou para perder a consciência, ele se deu conta: sim, é isso.

Isso era o flashback da morte.

Tudo isso.

Puro branco

AQUELES CARAS DA S.W.A.T. NÃO BRINCAM em serviço, pensou Saugherty, quando o disparador de granadas fumegante rodopiou uma vez e escorregou de sua mão. A queda não seria longa. Saugherty já estava deitado no chão de concreto, de barriga para cima.

Farejou sangue, rapidamente percebeu que os olhos pareciam dois pedaços de carvão em brasa, e em seguida apagou.

Mas antes, pensou: droga, eu odiaria ver o outro cara.

Aí vem o noivo

SAUGHERTY ACORDOU UM TEMPO DEPOIS. Imediatamente percebeu que alguém batera nele para que acordasse.

Conseguia ouvi-lo movimentar-se.

A melhor ideia naquele momento: fingir-se de morto. O que não era difícil, considerando-se a bala enfiada em algum canto de sua axila, e a parcial dormência. Então, procuraria uma brecha. Aproveitaria, como sempre fez. Saugherty podia imaginar aquele sentimento gravado em sua lápide.

Saugherty costumava fingir-se de morto e aproveitar para espiar. Fazia isso aos oito anos de idade, quando ia dormir na casa das primas. As que dormiam só de calcinha. E que geralmente sentiam sede no meio da noite e iam tomar um copo de suco gelado, aquele Delaware Punch. Deus, que saudade Saugherty sentia daquelas noites.

Mas ali, agora, algo o incomodava. Ele disparara a granada bem no meio dos três. Lennon e os dois amiguinhos italianos. Se não estivesse enganado, a granada pegou bem no saco de um dos carcamanos. Não havia como ele estar de pé – checando os corpos, fumando um cigarrinho, pedindo uma pizza. Também não podia ser o irmão gêmeo. Podia ser Lennon, mas não fazia sentido também. Saugherty estava a uns nove metros atrás de Lennon. Se Saugherty tinha levado chumbo, Lennon tinha ficado sem cabeça.

Ele arriscou.

Deu uma olhadinha.

Não. Lennon estava lá, esparramado no concreto em uma posição que parecia extremamente desconfortável. Até mesmo para o sexo tântrico.

Ou seja...?

Ele levou um bofete de uma mão bem grossa. Os olhos de Saugherty abriram.

– Oi!

O cara olhando para ele... uma figura completamente desconhecida. Saugherty tentou passar pelas fichas de seu arquivo mental, mas nada.

– Quem é você?

– Michael Kowalski – respondeu o cara. Era magro, porém

musculoso, com os olhos levemente amendoados e cabelo preto muito bem cortado, rente ao couro. Estava todo de preto, até o coldre no peito.

— E você?

— Saugherty. Sou ex-policial.

Então, jogando verde:

— Você parece que é da força também.

— E sou. Mais ou menos.

— FBI?

— Ex. Divisão de roubos a bancos.

— E agora?

— Outra coisa.

— CIA?

— Algo do gênero. É um departamento sobre o qual não se fala muito no noticiário. — Michael passou os olhos na área ao redor do duto. — O que não falta aqui são cadáveres. Alguns já estão inclusive ensacados. O que aconteceu aqui, Saugherty?

Todos mortos? Inclusive Lennon? Saugherty sentiu a ardência da esperança bem no meio do estômago. Até a dor da bala diminuiu.

— O cara de branco ali é ladrão de banco. Participou do roubo do Wachovia na sexta-feira. Estou na cola dele por conta própria. A pedido do próprio prefeito.

É, mandou bem. Chegou até a começar pela verdade. De certa forma.

— O prefeito? É mesmo?

— É. Cheque com... bem, o Tenente Mothers está morto. Mas cheque com seu substituto. Você vai ver.

Michael considerou aquela possibilidade.

— Tem certeza que o cara de branco está morto? — indagou Saugherty. — Esse filho da mãe é duro na queda.

— Chequei o pulso. Estava nas últimas. Se ainda não estiver morto, é só uma questão de minutos. Então... espere aí. Não posso continuar te chamando de Saugherty. Fica parecendo que estamos participando de um programa policial de TV de quinta categoria. Qual o seu primeiro nome?

Silêncio.

– Harold.

– Harry?

– Não. Harold. Por isso que Saugherty é melhor. – Ele tossiu algo úmido. – Ai, droga, não me faça rir.

– Harold, quem são os outros caras? Não parecem ladrões de banco.

– São uns mafiosos, creio eu. Este ladrão de banco, Patrick Selway Lennon, estava envolvido com eles, num lance de lavagem de dinheiro.

Nossa, essa foi muito boa. Não pare, continue, continue.

– Inclusive dizem por aí que foram eles que deram as coordenadas para o roubo do Wachovia. Dinheiro fácil, fácil. Não passam de um bando de otários decadentes tentando voltar à ativa.

– Interessante – observou Michael, que então aproximou-se dos gêmeos mortos, ou do que sobrara deles.

Ao longe, surgiram as sirenes.

– São seus homens? – indagou Saugherty.

– Não. Meu homem está ali.

– Quem?

Essa não. O que era aquilo? Seria ele um dos homens de Perelli?

– O ladrão, de branco. Ele era meu cunhado. Ou, pelo menos, ia ser.

Apesar da dormência, Saugherty sentia o efeito gélido da explosão de uma bomba de hidrogênio no estômago.

– O que me leva a minha pergunta, Harold.

– Qual?

– O que a foto de minha noiva morta está fazendo no bolso de seu blazer?

Dessa vez, Saugherty não tinha uma resposta.

Então, Michael o pegou e o enfiou pelo duto abaixo.

Família

K OWALSKY LIMPOU OS VESTÍGIOS O MAIS rápido possível – pois é, as sirenes se aproximavam. E não haveria nenhuma desculpa plausível para sua presença ali no meio de uma chacina em Camden, Nova Jersey. Nem mesmo suas credenciais federais. Logo, não poderia prolongar sua saída de cena.

Pegou o ex-futuro cunhado nas costas.

– É um prazer conhecê-lo finalmente, Pat.

Lennon estava com os olhos abertos, sem vida. Dos sacos lacrimais, narinas e ouvidos, escorria um sangue escuro – como se o cérebro fosse um tomate e alguém o tivesse amassado.

– Não era assim que eu tinha imaginado nosso encontro. Queria muito passar um tempo com vocês em Porto Rico. Jogaríamos cartas, saborearíamos uns bifes, tomaríamos um rum. Tudo, menos isso aqui. Bem, talvez até chegássemos a este ponto aqui algum dia. Afinal, mais cedo ou mais tarde eu seria incumbido profissionalmente de dar conta de um cunhado que fazia parte da lista dos Dez Mais Procurados, entende? Mas, pra ser sincero, eu ainda não tinha tirado nenhuma conclusão ao seu respeito. Katie era apaixonada por você, ela o idolatrava. Nunca entendi como você podia ser exatamente como o pintavam. E agora que o estou vendo, e agora que vi minha noiva morta com meu filho na barriga em uma gaveta do necrotério policial... bem, devo dizer. Estou decepcionado. Você pelo menos a conhecia? Sabia que ela faria qualquer coisa por você? Ah, talvez eu esteja sendo radical. Eu nem o conheço. Talvez você tenha se esforçado. Talvez não. Talvez eu tenha de concluir o que você começou aqui esta noite.

Michael olhou bem para Lennon e, depois de refletir um pouco, fez o sinal da cruz. As sirenes já estavam quase em cima dele.

– Então valeu. Foi boa a conversa, meu irmão.

Michael pegou Lennon e o levou para o duto.

Lennon flutuou pela laje ensanguentada, seu corpo inanimado indo na direção do duto. Caso fumasse, Lennon teria saboreado os últimos tragos antes de esmagar a guimba na beirada metálica do duto. Apenas um cigarro – algo para os CDFs de calças cáqui e coletes azul-marinho pegar com uma pinça, colocar em um saco plástico com fecho hermético, rotular, registrar e então guardá-lo em uma caixa junto a outras provas.

Talvez alguém analisasse a marca e tentasse identificar o DNA no filtro.

Talvez uma parte de Lennon viva para sempre.

Uma bela amizade

OH, A COISA ESTAVA FEIA. SAUGHERTY NÃO tinha nenhuma ilusão. O ferimento sob o braço direito esguichava sangue feito uma pistola de água. O impacto da descida pelo duto lesionara-lhe a coluna, de forma que ele não mais conseguia sentir os dedos. Estava dobrado em V dentro de um caixão circular úmido, fétido e pegajoso. Sob ele, havia umas coisas nojentas e moles. Corpos. Ele havia estado em tantas cenas de crimes que sabia muito bem distinguir os graus de madureza.

Entretanto, pelo menos ele não estava de cabeça para baixo. Saugherty conseguia olhar para cima e ver o céu noturno através da abertura do duto.

Ele já estava de cabeça erguida, pensou, e deu uma risadinha, que doeu.

Então, na abertura, surgiram uma mão e um braço. Pendendo para o lado.

Uma cabeça, na sombra.

Que diabo...?

De repente, a abertura do duto escureceu. Saugherty ouviu um som de algo se arrastando que ficou cada vez mais alto até que...

Veio o impacto. Um crânio duro bateu em seu peito. Um cotovelo amassou-lhe o nariz e um outro chocou-se bem no meio de sua canela esquerda.

Aquele cretino do Michael jogara o próprio cunhado – bem, quase cunhado – no duto.

O que não fazia o menor sentido.

– Seu filho da puta – Saugherty finalmente balbuciou, quando as ondas de choque e dor finalmente diminuíram. Descontou sua frustração no corpo de Lennon. – Você não deveria estar lá fora pegando sua grana? Não é esse o grande lance dessa história?

Nada.

— Eu sei que você ainda está vivo. Estou sentindo seu corpo respirar.

Nada.

— Você está tremendo. Está com medo, né?

Nada.

— Ai, droga, que pena que você perdeu mesmo a voz, cara. Estou louco pra saber o que te passou pela cabeça nos últimos dois dias.

Saugherty sentiu o tremor aumentar. A princípio, achou que o ladrão mudo estivesse tendo espasmos de morte. O corpo dele finalmente sucumbindo. Passado um tempo, ele se deu conta de que estava errado. Lennon estava *rindo*.

Noticiário

Síntese... CIDADE/REGIÃO

Concluída a fundação para novo museu infantil em Nova Jersey

Após inúmeros adiamentos políticos e acirradas disputas territoriais, o novo Children's Discovery Museum em Camden, NJ, ganhou sua fundação de concreto, dando o primeiro passo para que o projeto saia do papel. "Dentro de sete meses as primeiras crianças estarão entrando para visitar o museu", prometeu Jeffrey Greenblatt, o jovem e talentoso construtor. "O museu revitalizará Camden, um centro urbano abandonado."

Síntese... CIDADE/REGIÃO

Encontrado 13º sócio de Perelli... mais uma do assassino misterioso?

Acirradas as guerras entre facções mafiosas, embora membros das famílias Perelli e Barone neguem a existência de qualquer rixa. A última vítima: Manny Namako, 45 anos, encontrado morto no banheiro de sua casa em uma vila na zona sul da Filadélfia. "A polícia tem de se concentrar no que há mesmo para se investigar, ou seja, um louco com um rifle, atacando empresários inocentes", Dan Behuniak, advogado da máfia, disse ontem a repórteres.

Oficialmente, a polícia nega os boatos acerca de um justiceiro chamado "Sr. K", que estaria, há nove semanas, aniquilando supostos criminosos.

Entretanto, um policial confirma: "Sim, tem alguém rondando por aí. Ele está pau da vida. E pra completar, tem boa pontaria."

CIDADE/REGIÃO

Estranho odor incomoda visitantes a museu infantil em NJ

"Parece peixe e queijo podres... eca!", diz Alison Eaton, 10 anos, referindo-se a sua visita ao Children's Discovery Museum em julho.

Sem dúvida as crianças estão descobrindo coisas. Estão descobrindo a capacidade que têm para detectar odores ruins.

Por algum motivo inexplicável, o recém-inaugurado museu está invadido por um odor que um segurança – um veterano do Vietnã – comparou ao "fedor de corpos em decomposição boiando no Mekong Delta".

"Temos a melhor equipe de investigadores forenses trabalhando no caso", afirma Jeffrey Greenblatt, o jovem e assustado construtor, que já viu muitos projetos fracassarem no último minuto. Isto, entretanto, pode ser muito ruim para Greenblatt, segundo os analistas imobiliários, além de paralisar as construções na Filadélfia ou em Camden por muitos anos.

Síntese... CIDADE/REGIÃO

Recuperados $100 do roubo ao Wachovia

Las Vegas, Nevada – A polícia prendeu hoje um suspeito de envolvimento no roubo ao Banco Wachovia, ocorrido há alguns meses. A prisão se deu depois que um residente da Filadélfia usou uma nota de cem dólares para comprar cerveja e revistas pornográficas em uma loja de conveniência.

Dylan McManus, 20 anos, deixou o atendente desconfiado ao insistir que era "o cara" na Filadélfia e não precisava portar carteira de identidade para comprar cerveja. O atendente aceitou a nota e ligou para o FBI, que encontrou McManus em um motel em Laughlin.

McManus trabalhava como segurança no Park-o-Matic, um estacionamento self-service localizado no centro da cidade na Filadélfia.

Agradecimentos especiais

Ao Sol, por iluminá-lo.
Ao papa, por inspirá-lo.
Ao tenaz Departamento de Segurança Nacional, por alcovitá-lo.
A Marc, por comprá-lo, editá-lo e aprimorá-lo imensamente.
A Marcha, por acreditar nele.
Ao padre Luke, por abençoá-lo.
A Meredith, Parker e Sarah, sem os quais "ele" não existiria.

E à minha equipe de roubo: Robert Berkel, John Cunningham, Becki Heller, Jessie Hutcheson, e ao restante da equipe da Minotaur. J.T., K-Buster, Kafka e aos PointBlankers. Marc "o Cara" Stanton. Simon Hynd e Micky MacPherson. Gary the Hat. Loren Feldman. Jason Schwartz. Rich Rys. Paul, Rickey, B.H., Lori e aos meus colegas na CP. Mike "Rego" Regan. Tony Fiorentino. Deacon Clark. Sr. Aleas. Sr. Keene. Sr. Starr. O Outro Sr. Smith (Anthony Neil). O Gischler. Universidade La Salle. Ao Banco Wachovia. E a todos os meus amigos e familiares.

Este livro foi impresso na Editora JPA Ltda.,
Av. Brasil, 10.600 – Rio de Janeiro – RJ,
para a Editora Rocco Ltda.